Allez-vous faire foutre, beaux esprits !

Allez-vous faire
foutre, beaux esprits !

Vous n'avez connu
de la guerre que
vos mots d'ordre et
vos journaux dans
les salons. Le silence,
seul, est notre refuge.
Et l'insomnie notre lot.

Sur le fil
Une collection dirigée par Murielle Szac

Premiers titres parus :

/ Didier Daeninckx
Caché dans la maison des fous

/ Bruno Doucey
Le carnet retrouvé de monsieur Max

/ Raphaël Jerusalmy
Les obus jouaient à pigeon vole

/ Nimrod
L'enfant n'est pas mort

/ Ysabelle Lacamp
Ombre parmi les ombres

/ Fabienne Juhel
La Mâle-mort entre les dents

/ Bruno Doucey
Ne pleure pas sur la Grèce

/ Ananda Devi
Sylvia P.

Photographie de couverture : Xavier Grall

À cheval sur le vent

À *cheval sur le vent* est le deux cent trente-quatrième ouvrage publié par les Éditions Bruno Doucey

Éditions Bruno Doucey
Cour d'Alsace-Lorraine
67, rue de Reuilly
75012 Paris
www.editions-brunodoucey.com

ISBN : 978-2-36229-462-4

Patrick Pécherot

À cheval sur le vent

Éditions Bruno Doucey

Ô Sud, Sud, Sud bien-aimé
je veux te fiancer à Belle-Île
à Groix et à Molène

Xavier Grall, *Le Rituel breton*

Seigneur Dieu c'est moi
J'ai fait un grand voyage

Xavier Grall, *Solo*

I

À Sarcelles, la pluie tombe sur le Logeco. Elle noie le béton, la dalle et les jeux d'enfants. Elle ne chante pas comme en Bretagne, abreuvant les genêts, gorgeant les pâtures et les chemins creux. Elle finira sur le ciment, prisonnière de flaques miteuses. À Sarcelles, la pluie ne s'attarde ni sur l'ardoise des toits ni sur le granit des rocs. Elle dégringole à la verticale des tours comme une suicidée.

À sa table de travail, Xavier ne l'entend pas. Un soleil le brûle. Le soleil d'Algérie. Chaque lettre qu'il lit, relit, annote et classe, le ramène là-bas. Ce sont des lettres de soldats. Ils racontent. Ils disent la guerre. Enfin.

Au journal, qui avait proposé de leur donner la parole ? Xavier ? Georges Hourdin, son rédacteur en chef ? Drôle de paire que celle-là. Hourdin, le responsable de *La Vie catholique illustrée*, ancien résistant, gros chat détestant le ronron, tout en griffes rentrées, et Grall, jeune chien fou qu'il a adopté.

15 heures, le cendrier déborde. Près de la tasse à café, le paquet de Gauloises rappelle les chambrées. Ration de troupes ! La précieuse cartouche de cigarettes distribuées dans les casernes. Les années twist se moquent du cancer, Xavier clope trop, beaucoup trop. Son souffle court, sa toux…

Dans la fumée, le soleil du Harare se mêle à celui du djebel. Rimbaud… Pas un jour sans qu'il revienne, celui-là. Une fascination… Lui qui, à 14 ans, rendait hommage à l'émir Abdelkader, de quel côté pencherait-il ? Petit conscrit contraint ? Insoumis traqué ? Déserteur efflanqué, rôdant près des mechtas rebelles ?

La fumée des Gauloises dessine un paysage de dunes où cheminent des troupeaux faméliques et de lentes caravanes. Rimbaud vendait des armes ? Xavier balaie de la main les cendres sur son pull. Des armes ! Celles qui ensanglantent l'Algérie sont autrement plus meurtrières. Escopettes, les fusils rimbaldiens, pétoires bonnes aux fantasias, aux rêves d'aventures, aux chevauchées alezanes… Sans commune mesure avec les FM dont le rendement, calculé dans les bureaux d'études, se chiffre en morts/seconde.

Rimbaud… Xavier écrira un jour sur cet Arthur aux semelles de vent. Pour l'heure, d'autres jeunes hommes l'attendent sur sa table. Rangés par contingent, milieu professionnel, situation de famille… Les questions du journal les ont poussés au fond d'eux-mêmes. Il voulait ça, Xavier. Les extraire du silence. On ne leur avait jamais rien demandé. Ordonné, oui, et c'est autre chose. Commandé, de A à Z, des pieds à la tête, du lever au coucher… Uniformisés, encasernés, entraînés, expédiés, enfin, vers cette terre d'Afrique dont ils ne savaient que des images d'Épinal, la gloriole d'un récit de conquête et des fables de colons.

Ils sont linotypistes, cheminots, menuisiers, cultivateurs, serruriers, dessinateurs industriels, ajusteurs, étudiants… En fermant les yeux, Xavier peut les voir. C'est le jour de la grande traversée. On les a entassés sur des navires marchands puant l'huile et le mazout. Le *Ville d'Alger*, le *Ville d'Oran*. Et ce rafiot qui tient si mal la mer qu'on a dû le lester au ciment. Le *Sidi Mabrouk*. Ancien cargo transporteur de moutons, mauvais présage d'abattoir. Dans leur HLM, leur meublé, leur ferme ou leur chambre de bonne, ils avaient reçu l'appel de leur classe comme une fatalité. Le dos rond, ils n'étaient que des écoliers sous le regard du maître.

– Xavier !

Le soir est tombé. Derrière les fenêtres éclairées, on devine des femmes en cuisine et des enfants à leurs devoirs. Que leur apprend-on sur l'Algérie ? Leur pensum est fait de trains qui se croisent, de vitesse, de kilomètres et d'horaires de départ. Ce sont des trains sans passagers. Du moins, ceux qui les prennent ont si peu d'importance qu'il serait vain de les mentionner. Pourtant, dans le Logeco, à la fin du jour, un gamin rêveur a peut-être déserté calculs et logique pour rejoindre ces voyageurs sans valeur dans des trains de soldats. Ils somnolent, fourbus. Lourds de leur barda, de leur mélancolie ou de ce trop-plein d'excitation qui soûle. Les wagons sentent les pieds, la bière et les chiottes. Le costaud, près de la fenêtre, n'avait quitté son village que pour la foire, au canton. Le solitaire, renfrogné sur la plate-forme, a laissé chez lui son blouson noir à la patère de l'entrée ; il y fait comme un reproche.

Dans le Logeco, le gamin regarde, exposée sur le buffet, la photographie du grand frère en treillis. Le train parti d'un point A l'a jeté dans un bateau voguant vers un port écrasé de lumière. De là, un camion militaire l'a transbahuté jusqu'au point B. Un camp dans la pierraille. Sur la photo, le frangin pose près d'un palmier. Il va bien. Il l'a écrit. A-t-il lu *La Vie* ? S'est-il glissé dans les réponses étalées chez Xavier ?

*« Mon plus mauvais souvenir ?
Le capitaine et deux camarades tombés dans une embuscade, tués et achevés au rasoir… »*
D.A., *caporal, menuisier*

« Une salle de tortures. "Téléphone", seaux d'eau, entonnoirs, tuyaux de caoutchouc, fouets, palan… Un Algérien était pendu par les pieds… le ventre ballonné, le visage et le corps tuméfiés. Le "téléphone" était branché… »
A.C., *sous-officier parachutiste, instituteur libre*

« Deux femmes et un gosse égorgés par les rebelles parce que le mari était entré dans les harkis… »
X., *sous-lieutenant, pharmacien*

« Mon plus mauvais souvenir : la lente agonie d'un jeune musulman de douze ans qui avait été gazé bien involontairement par nos troupes. Le petit avait été volontaire pour nous indiquer une cache et partir en reconnaissance. »
J-Cl. R., *caporal, dessinateur industriel*

« Ce qui pèse le plus en Algérie, ce n'est pas sa chaleur et sa soif, ce n'est pas le froid de ses nuits, c'est la pesanteur de la haine. »
F.P., *chimiste*

Une cigarette, une de plus. Le cliquetis du briquet, l'aspiration profonde. « Égorgés... » Le tabac pénètre les poumons. « Pendu, achevés... » Il étend son voile illusoire sur l'horreur. Xavier l'a côtoyée. Rappelé en Algérie, août 1956. Premier spahis, cantonné à Médéa. Atlas blidéen. L'Atlas... Trois ans plus tôt, soldat au Maroc, il avait pris le désert en plein cœur. Une révélation. Lui, l'homme des landes, des granits et des chevaux d'écume, exilé dans la grisaille banlieusarde de ce Paris qu'il n'aime pas, il avait reçu le soleil de Kabylie comme un second baptême.

J'ai vu des matins se lever sur des villes blanches, les enveloppant d'une douceur ineffable, j'ai vu des midis craquer les pierres du djebel et les soirs tomber sur l'ocre, le vert, le jaune...

– Xavier, on dîne !

Françoise a poussé la porte.

– Quelle tabagie... Allez, on t'attend...

Elle a posé la main sur son épaule. Il aime ce geste, sa tendresse tranquille. Le bonheur est fait de ça. Des riens. Un bric-à-brac d'attentions, de regards, de manières. Du quotidien ébréché qu'on ne jettera jamais. Des mots, timides comme des aveux cachés. Des silences. Des tremblements d'oiseaux. Françoise est son oiseau apporté par la mer. Sa mouette qui toujours revient à terre et l'y ramène quand il s'égare.

– J'arrive.

Xavier redescend de l'Atlas. Il titube, l'air est moins pur à Sarcelles. Il grimace. Une douleur au poumon. Françoise l'a sentie :

– Tu as revu le médecin ?

Non, bien sûr.

– Oui, il dit. Enfin presque. Je prends rendez-vous demain. Regarde, je l'ai noté, là.

Il fouille dans les papiers, ne trouve rien. Son regard s'attarde sur le nom d'un conscrit en rupture de régiment… C'était il y a quelques mois à peine…

II

Ils avaient roulé toute la journée. Sarcelles – Melgven. La voiture pleine. Xavier, Françoise, les petites... La nationale, les arrêts pipi, les camions à doubler, pied au plancher pour arracher les deux chevaux du moteur à leur somnolence. Les kilomètres au cul de machines agricoles, les stations-service de campagne et le pompiste qui se demandait si la bagnole tiendrait jusqu'au bout. La pause casse-croûte et les haltes cigarettes.

– Ah ! non, Xavier, pas dans la voiture, s'il te plaît.

Il avait fallu s'arrêter encore pour redonner une ration d'huile au moteur.

– Qu'est-ce qu'il boit...

– Tu crois que c'est normal ?

– J'en ferais bien autant, moi. Zou ! On fait halte au prochain bistrot...

Trégunc, Melgven. Fin du jour et ciel de traîne. Des odeurs de pluie. Les senteurs du pays. Terre et pavés, chaume et cheminées. Les maisons avaient allumé leurs loupiotes. Le bar-tabac baissait son rideau de fer et aux vitraux de l'église brillaient les derniers feux des vêpres.

Ils étaient sortis de voiture les membres engourdis. Les trois marches de la maison, la clé dans la serrure et le bois de l'huis gonflé d'humidité.

On avait ouvert les volets. Un branle-bas de clenches tirées, de barres ôtées. Salpêtre et air du soir. Vif, l'air est vif, ici. Il fait les joues rouges et les yeux larmoyants.

Les valises déchargées, Xavier avait décoincé la trappe de la cheminée, un peu de suie avait dégringolé et un carré de lumière avait jailli. Françoise inspectait la cuisinière.

– Ça va être dur de l'allumer, même les vieux journaux sont humides…

– Hé ! C'est un ancien numéro de *La Vie*. Il y a un de mes articles…

– Non mais regarde-toi ! On croirait que je te vole un objet précieux.

– C'est mon papier sur les Castors…

Catherine rappliquait, forte de ses trois ans :

– Les castors ? Où ils sont, les castors ?

– Non… Les Castors avec un C majuscule… Ce sont des gens qui s'organisent pour bâtir leurs maisons. Ils s'entraident, partagent le travail…

– Papa connaît des castors, papa connaît des castors !

Catherine avait détalé sans plus écouter. Xavier, rigolard :

– Françoise Grall, vous élevez bien mal vos filles.

– Xavier Grall, si tu penses faire mieux, ne te gêne pas…

Depuis longtemps Françoise s'est résignée. Son homme délaisse souvent les tâches quotidiennes, mais c'est Xavier. Son poète, son tendre écorché. Sans elle, il serait un échassier égaré, un héron déplumé, un de ces grands piafs qu'on voit parfois, l'envol manqué, s'étioler devant l'horizon.

Là, près de la cuisinière, perché sur ses longues pattes…

Françoise avait fondu :

– Va ! Garde-le ton journal, elle finira bien par s'allumer sans lui, cette cuisinière.

Yvon

La lettre est écrite à l'encre bleue. Ses lignes figurent les rides d'une mer calme. Une écriture heurtée n'aurait pas convenu. Aux mots, il fallait la quiétude, la lenteur, le rivage au soir, le soleil doux et bas sur l'océan. Oui, c'est ça, un soleil sans arrogance, tendre comme un coucher d'enfant, et la mer étale au froufrou de draps. La paix qui descend avec le jour. Toute colère tombée, comme un vêtement inutile.

La lettre, Yvon l'a rédigée sur l'écritoire de bois roux, près de la fenêtre d'où on voit la ruelle. Il en sait les pavés et la pente. Il en sait les maisons aux volets délavés, les portes à heurtoir et les noms sur les boîtes aux lettres. Yvon est un enfant du pays. Il sait les pêcheurs et les goémoniers, les ouvriers et les paysans. Les grosses mains crevassées et les coups de rouge au comptoir. Les femmes des usines et celles au foyer. Les mères noires qui attendent le retour des chaluts et celles qui n'attendent plus que les Toussaint, au cimetière. Il sait les

Le Meur, les Bihan, les Le Braz et les Quintrec. Les tripotées de mômes des fratries et des clans.

La guerre en Algérie n'est pas la sienne. Il n'est d'aucune guerre. Que les autres fassent leur paquetage, qu'ils rejoignent la caserne, lui ne partira pas. Il espère que ceux de sa classe comprendront. Copains d'école et de patronage, copains de collège et d'apprentissage. Ils ont joué aux mêmes jeux, dans les mêmes cours de récréation, au même baby-foot dans la salle du bistrot brunie par le tabac. Ils ont regardé les mêmes filles, la même rivalité de jeune mâle au ventre. Ils ont écouté les mêmes musiques dans le transistor, dansé aux mêmes *festoù noz*, formé les mêmes rondes humaines. Tous, ils partent. Lui, non.

« Monsieur le Président, je vous fais une lettre… » Il a en tête la chanson de Boris Vian. Elle n'a pourtant pas traîné à la radio. Interdite de diffusion. Un an plus tôt, « Quand un soldat », de Francis Lemarque, avait subi le même sort. Défaite, éclopée, l'armée française sortie de la cuvette de Diên Biên Phu rempilait en Algérie. Lui, quinze piges aux prunes, était allé à Dinard écouter Vian. Le tapage dans le théâtre du casino. Les insultes, les gros bras envoyés par le maire, Vian quittant la scène sous les injures… Le surlendemain, Yvon achetait le disque enregistré par Mouloudji. Il avait réfléchi aux paroles, différentes du texte original. Le déserteur de Boris Vian emportait une arme et prévenait les gendarmes qu'il savait s'en servir. Celui de Mouloudji, les mains nues, annonçait aux pandores qu'ils pouvaient tirer, il ne riposterait pas. C'est ce déserteur-là qu'il serait, lui. Fidèle aux Évangiles de ses dimanches et de ses lectures à la JAC[1]. Les épées en soc de charrue, tu ne tueras point et, même, la joue tendue en réponse aux coups. Il croit en la force de la douceur. En sa capacité à désarçonner. Il n'est pas un mouton qu'on mène à l'abattoir. Le troupeau transhume vers l'Algérie, le pas résigné, des bergers galonnés aux fesses. Lui, il en est sorti. Il ne s'est jamais senti aussi libre. Qu'on le prenne, qu'on le moque, le moleste, il ne rejoindra pas le bétail. Heureux les artisans de paix. Il a lu les Béatitudes, Gandhi et Lanza del Vasto, Tolstoï, La Boétie, Giono… C'est pour tout ça qu'il voulait son écriture belle. Ses mots en avaient besoin. Sa lettre n'est pas un discours de meeting, il veut toucher le cœur. Y parvenir serait le début d'une victoire. Qu'importe, ensuite, ce qui l'attend.

Il se nomme Yvon Goadoüet. Il a dix-huit ans.

1 Jeunesse agricole catholique

III

Xavier a le cœur chansons. Il en pousserait bien une dans le bistrot mais les buveurs ne respirent pas la fantaisie. En bleu de travail, gapette sur le crâne et clope au bec. Ils sont de Bretagne comme le genêt, le foin en grange et la bête à l'étable. Durs à la tâche, rudes à la vie. Le cuir tanné. Ce sont hommes taiseux, pensifs, du raisonnement en tête qu'ils ruminent : le prix du pain, celui du grain et les saisons sans miséricorde. Les jeunes sont farauds, gauches, les mains déjà vieillies par le labeur.

Xavier les aime dans leurs vies minuscules et leur faiblesse humaine. C'est pour eux qu'il voudrait chanter. Une *gwerz* ou une de ces *folk songs* d'Amérique qui accostent à cette fin des terres. La *finis terræ* latine qu'on nomme ici par son contraire : *penn ar bed*, commencement du monde.

Xavier a déplié sa carcasse. Il a posé son verre sur le comptoir. *Gwin ru*, il dit. Vin rouge. Louis verse, le geste expert. À travers le verre écarlate, la salle est caravansérail.

Ah, quand allierai-je à tes noroîts
le miel des aurores africaines ?

Bretons, Berbères, tous frères, pardi ! Nés du même Adam. Seigneur Dieu, que t'importent nos Babel? Nos tailleurs de pierre ont dressé la croix du Fils sur les places publiques, ils l'ont plantée dans les chemins herbeux. Ses paroles dernières clament qu'il s'est fait homme. Jusque dans la souffrance, jusque dans la solitude. Sept misérables paroles d'humanité. La cinquième plus humble encore que les autres : « J'ai soif. »

Jésus dans le verre de vin... Sa poitrine écrasée par le poids de son corps, les muscles de ses bras tétanisés. Les tendons qui se déchirent, l'indicible douleur des mains clouées, des pieds cloués. Sa langue sèche dans sa bouche crevassée quand il avait donné tant d'eau fraîche. « J'ai soif. » Dans la foule du supplice, il croit voir la Samaritaine. La reléguée dont l'eau, jadis, l'avait désaltéré. Les autres auraient craché dans son puits. Pas digne d'eux, l'eau des impurs... N'y touche pas, rabbi, ces gens sont des chiens. Mais lui, l'avait choisie. « J'ai soif. » Et elle avait tendu son outre.

À présent, sur sa croix, agonisant, il dit : « J'ai soif. »

– J'ai soif...

– Encore, Xavier ?

– Hein ? Je parlais tout seul, je crois. Mais tiens, sers-m'en un autre, Louis, on est bien chez toi.

– Françoise va me le reprocher…

– Mais non, elle sait que j'ai besoin de la chaleur du bistrot. C'est de la chaleur humaine. Elle s'entretient comme un bon feu.

– J'en ai vu qui s'y sont brûlés.

Xavier aussi. Dans sa caserne, la chopine était échappatoire. Comptez les mouches, trouffions aux cerveaux lourds d'alcool et de soleil. Récurez les latrines, balayez la cour, une fois, deux fois, dix fois, nettoyez les chargeurs, fourbissez les fusils… « Et nom de Dieu, qui est-ce qui m'a foutu un crétin pareil ? Tu vois quoi, là, au canon de ton flingot ? Tu dis ? De la poussière ? De la merde. J'appelle ça de la merde, moi ! Tu iras la respirer dès demain puisque tu l'aimes. Corvée de vidange ! »

Au-delà des murs est l'infinie beauté du désert… S'y engloutir, comme Rimbaud. S'y fondre, devenir Charles de Foucauld, Albert Peyriguère. Marabout de Dieu. Un crucifix sur les hardes, l'ermitage ouvert à la fraternité, la parole essentielle, le dépouillement. Heureux les pauvres en esprit… Mais non ! Bêtise crasse et jours sans fin. Canettes vidées pour oublier la peur, le dégoût et la honte. Cadavres de boutanches pour ensevelir les vrais. Les macchabées aux plaies béantes, les chairs brûlées, les gorges ouvertes... Effacer les agonisants et les charognes. Les dissoudre dans la bibine. Tord-boyaux, tord cervelle. L'ivresse du bidasse est assommoir. Celle du poète court la chimère.

Dans les bonnes auberges j'ai traîné ma détresse
Les bouteilles entonnaient des pavanes
Dans les verres, je buvais des rengaines
Les bars roulaient comme des rivières
J'ai prié comme jamais dans les ivresses

Eaux dormantes

Ils avaient marché depuis l'aube. La fraîcheur dissipée, le soleil ne les lâchait pas. Sous leurs pieds, la terre rouge, granuleuse, s'effritait comme du pollen. Ils avaient gravi des collines dont les pierres ripaient sous leurs semelles. Le dos brûlant, le sac lourd et ses courroies qui entaillaient leurs chairs à travers le treillis…

Bled sec, sans puits. À l'heure la plus chaude, ils avaient fait la pause. Ration réglementaire : *corned-beef*, biscuit dur et goulées de flotte. Une cigarette et la marche avait repris sous le ciel sans nuage. Le fusil en pogne, des ampoules aux pieds et la trouille au ventre. Peur du fellah embusqué, de l'attaque surprise, des tireurs planqués… Qui serait le premier abattu ? Qui atteindrait le rocher protecteur ? Lesquels seraient achevés au couteau ? Les mauvaises pensées en tête, les pressentiments, les signes avant-coureurs, les porte-bonheur touchés, oh ! sans y croire, mais sait-on jamais ? On a connu un gars, une fois, c'est à ça qu'il doit la vie.

Ils avaient marché jusqu'au couchant. Jusqu'à la mechta misérable. De pauvres femmes roulaient la semoule. Les hommes ressemblaient aux paysans d'ici. En plus miséreux. Qui les avait suspectés d'aider les rebelles ? Le soupçon avait gagné la colonne comme la flamme court le long d'une mèche d'explosif. Il y avait eu les paysans roués de coups, un homme torturé sur place, le sale soleil supporté depuis l'aube qui avait abruti les têtes, et l'idée que les fellaghas s'étaient planqués comme des chacals, tout avait fini dans le dérèglement… Les cris, la poussière en nuage, les gourbis fouillés à coups de crosse… La première rafale avait déchiré ce qui restait de raison humaine. Les autres avaient suivi et quand le silence était retombé, les paysans gisaient dans les débris de poterie et la semoule renversée.

C'est là que j'ai vu que mon pays était en train de mourir et qu'il n'avait plus d'âme. [Et] ces paysans, ils ont su, eux aussi, que la France n'existait plus, du moins à l'image de la France qu'ils révéraient.

IV

La nuit fut mauvaise. Le bistrot, le vent qui hurlait sur le toit, le lit froid malgré la bouillotte, le souffle de Françoise dans son cou… Aux premières lueurs du jour, Xavier était descendu. Le feu mourait dans l'âtre. Les braises à tisonner, la cuisinière à fourgonner… Il avait fait son café sans vaincre l'humeur noire qui le tenaillait comme une migraine. La cigarette, le pain, le beurre, tout prenait un goût amer. Matin de chien. Jusqu'à cette expression idiote, venue comme un renvoi. Pourquoi fallait-il mêler les chiens aux méchantes journées, au sale temps, au mauvais poil ? Les chiens sont la bonté du monde. Un jour, Xavier en aurait un. Il reviendrait vivre ici, avec Françoise, les filles, et un cabot d'espèce rustique. Chien de ferme ou de troupeau. De chasse, peut-être, il n'aime pas la chasse mais les épagneuls s'accordent aux arbres, aux rivages et aux longues marches. Dame, l'épagneul est Breton. Ah ! Les balades baignées de brises marines avec son chien, truffe au vent, cavalant de rocs en varech…

La nuit tirait sa révérence, le deuxième bol de café était moins amer. Xavier y versa une dose de lait. Goût de l'enfance, genoux couronnés, cache-nez et chemin de l'école quand il ignorait la sauvagerie humaine.

La radio en sourdine évoquait les événements. Xavier imaginait les consignes du ministre de l'Information, la conférence de rédaction, la résignation des journalistes, les papiers épluchés avant leur passage antenne…

« Mes plus mauvais souvenirs ? Camarades tués, blessés, dégradés moralement et physiquement. Suspects passés à la "gégène" dans une baraque. Suspect qu'on faisait mourir de soif et de faim sur une tour en plein soleil… Tortures de tous genres, si répandues qu'elles étaient considérées comme normales par la plupart… Et les consciences qu'on fait taire avec de l'alcool puis au bordel. »
J.R., cultivateur

Yvon

La lettre dans sa poche, Yvon était sorti de bonne heure. Le soleil perçait les nuages. L'odeur d'étable aux abords de la ferme, chez Loïc, la rosée sur la toile d'araignée, la pie perchée sur le calvaire… Arrivé à la poste, il avait renoncé. Ce n'est pas à un jour près. Il lui en reste deux pour répondre à l'appel. Quarante-huit heures avant que tout se mette en branle. Après…

Sa détermination est intacte mais la toile d'araignée, sur la boîte aux lettres… Poster la sienne l'aurait rompue. Son premier geste d'homme libre ne devait pas briser cette fragilité. Sa décision restera suspendue quelques heures de plus.

Sur la place, le bar-tabac affichait une réclame des cigarettes Camel. Le dromadaire dessiné, entre palmier et pyramide, suggérait une Arabie de cinéma où passent des Bédouins à keffieh, des archéologues à barbiche et des romancières anglaises. Au comptoir, le patron parlait saisons avec un cultivateur aux doigts gercés. Yvon a commandé un chocolat. En fond sonore, Dalida chantait qu'elle irait « au pays qu'a un joli nom, pilou, pilou-hé ». Yvon a pensé qu'elle ferait moins de pilou, pilou-hé si elle partait pour l'Algérie.

En le servant, le patron s'est enquis de sa situation militaire. Le fils Couéron avait été appelé. Yvon et lui étaient du même âge, non ? Oui, Yvon irait se renseigner à la mairie. Il ne fallait pas plaisanter avec ça. Le mastroquet était un brave bougre, nulle curiosité dans ses questions, aucun sous-entendu. De la sollicitude pour un petit gars qu'il avait vu grandir. Si cela n'avait tenu qu'à lui, tous ces jeunots seraient restés chez eux. Que l'Algérie soit la France ne méritait pas d'aller s'y faire trouer la peau. Ou pire, les Arbis ont le couteau facile. En un coup de lame, ils te dessinent un sourire de chez eux. Maquillé au raisiné. Quant au reste, mieux valait ne pas en causer. Heureusement on en verrait bientôt le bout.

Entre deux maladresses, il alignait des phrases rassurantes. Yvon le sentait bienveillant. Frères humains. Pas toujours dégrossis. Mais frères humains.

– Tu te souviens, Louis quand je venais chez toi en sortant de l'école ?

Le bistrotier avait paru surpris :

– Bien sûr. Tu étais trop petit pour atteindre mon

zinc. Ton cartable sur le dos, tu attendais. Tu ne demandais rien. Tu disais : Bonjour Louis, et tu attendais. Tu savais que je te donnerais un Carambar ou une crêpe dentelle.

– C'est ça que j'aimais…

– La crêpe dentelle ?

– Non. Enfin oui, bien sûr, mais ce que j'aimais surtout c'était que tu me la donnes. Que tu y penses et que tu me la donnes.

– Ah ?

– Ce sont les meilleures crêpes dentelle que j'ai mangées, Louis…

Yvon s'est levé. Il a souhaité l'au-revoir comme on le fait quand on entame un long voyage et il est sorti.

En enfourchant l'antique Peugeot paternelle, il a revu son père bricolant la 125 dans la remise. Môme il s'amusait des silencieux en « queue de morue » montés sur les deux pots d'échappement de la bécane. Ils n'étaient jamais parvenus à assourdir le boucan du moteur.

Il a pris la route des monts d'Arrée. Le ciel moutonnait. Kerjean dépassé, il a garé sa moto pour grimper à Saint-Michel. Le vent couchait la bruyère. La pluie avait laissé sa froidure humide sur la terre. Quand il atteindra le sommet, Yvon poussera la porte de la chapelle comme il l'a fait tant de fois. Il se signera sur le seuil et partagera le silence avec les pierres. Il laissera les pensées vagabonder sans les retenir. La lumière du jour aura posé un rayon coloré sur les dalles, Yvon flottera sur ses bleus et ses mauves. Puis, la grande paix de l'âme atteinte, il parlera au Seigneur. C'est ici qu'il aime le faire. L'humilité de la chapelle n'étouffe pas les voix comme la splendeur des cathédrales. Bien sûr, leurs rosaces et leurs dentelles de pierre. Bien sûr, leur flamboyance et leurs immensités. Bien sûr... Mais dans tant de grandeur l'esprit s'égare comme une colombe dans un ciel de théâtre.

À Saint-Michel, le dénuement est déjà recueillement. Yvon a découvert la chapelle enfant. Une veillée de Noël, une vigie pascale, une montée aux flambeaux. Plus tard, il avait pris l'habitude d'y venir seul. Après ses tête-à-tête avec le bon Dieu, il redescendait serein vers les hommes.

Voilà, il est entré. Il a allumé une veilleuse. La boîte d'allumettes humide lui a rappelé les soirs à la chandelle quand l'orage privait le village d'électricité. La mèche recroquevillée dans la cire s'est embrasée et la flamme a vacillé.

Son cérémonial accompli, Yvon s'est assis sur un banc. D'abord, s'extraire du froid qui apporte des désirs de chauffage, des pensées de laine, des regrets de parka. Puis, oublier un instant sa lettre. Il s'en ouvrira tout à l'heure au Patron. C'est ainsi qu'il surnomme Dieu devant ses amis qui n'y croient pas. Un clin d'œil. Une façon de montrer qu'il n'est pas cul béni. Yvon ne prêche pas. Il en tient pour les actes. S'insoumettre en est un. Il a rencontré des militants de l'Action civile non violente, il a lu le témoignage du général de Bollardière, Breton, comme lui, qui dénonce la torture : « Elle dégrade celui qui l'inflige plus encore que celui qui la subit. Céder à la violence et à la torture, c'est, par impuissance à croire en l'Homme, renoncer à construire un monde plus humain… Je pense avec un respect infini à ceux de mes frères, Arabes ou Français, qui sont morts comme le Christ, aux mains de leurs semblables, flagellés, torturés, défigurés par le mépris des hommes. »

De tout cela, il parlera au Patron tout à l'heure. Sans grandes orgues ni tralala. En artisan de paix qu'il veut être. Pour le moment, il lui faut trouver le calme de l'esprit.

Dehors, le vent joue au loup. Les contes de l'enfance ne sont jamais loin et avec eux, la candeur.

VI

Il faudrait peut-être songer à la Bretagne. L'envisager durablement.

Dans ses sentiers, Xavier fait provision de haies, de rochers, de fourrage. Il respire ses odeurs d'herbe, de talus et d'étable, ses senteurs marines, ses parfums feu de bois. Ses poumons mités reçoivent l'air comme un soufflet d'accordéon qu'on étire pour y jouer les musiques à danser, les chants de travail et les ballades anciennes. Ses poètes sont des pays : Max Jacob, Tristan Corbière, Saint-Pol Roux l'adopté et, bientôt, ce lointain cousin d'Amérique, Jean-Louis Lebris de Kérouac, dit Jack Kerouac, Breton de vieille souche dont les ancêtres ont franchi l'océan pour accoster au Canada. Xavier en connaîtra d'autres. Perros, Glenmor, Youenn Gwernig qui bourlingua avec Ti Jean [2], et Le Men, plus

2 Surnom donné à Jack Kerouac en référence à son vrai prénom : Jean-Louis

tard… Bretagne. Terre de brume, terre d'encre et de mots. Terre de chênes et de comptoirs où l'on raccommode le monde. De salles enfumées où les anciens se souviennent. Terre de veillées quand les légendes d'Ys ou les noirs récits de l'Ankou passent dans le crépitement de l'âtre.

Oui, il faudra songer à vivre au pays. Dans Paris qui l'étouffe, Xavier est un étranger. Il l'a compris dès son arrivée, gare Montparnasse où commence l'exil des enfants d'Armorique. Petites bonniches, terrassiers, ouvriers du gaz ou des usines périphériques, forts des Halles, tous ont débarqué là. Émigrés de l'intérieur, leur valoche à la main et, dans la poche, l'adresse d'une sœur, d'un cousin ou d'un hôtel à punaises. Xavier comme eux, *dépersonnalisé, anéanti, volé, métamorphosé en taupe…* Mais Paris, *cette vieille grue de ville*, abrite le Centre de formation des journalistes. C'est là que Georges Hourdin l'a repéré. Encore un signe ? Hourdin est de Nantes, autant dire Breton. Historiquement Breton.

Décidément, un jour, il faudra rentrer au pays.

– J'écrirai des poèmes de cordages et de soc !

– Tu m'as fait peur, Xavier, je ne t'avais pas entendu descendre.

– Ah ! Françoise, mes poèmes sont pleins de chevaux, de chiens, d'oiseaux de mer et de nuit. Ils sont là, dans ma tête, sous mes côtes, au fond de mes poumons. Ils en sortiront mieux ici. Nous trouverons une maison.

– Rien que ça ! Et ton travail ?

– Oh, pas tout de suite, bien sûr, mais il faut y penser. Pour le journal, je m'arrangerai avec Hourdin. Je posterai mes papiers, je monterai à Paris pour les conférences de rédaction. Hourdin ne s'y opposera pas. Il m'a à la bonne.

– Il te passe bien des choses parce qu'il sait ce que tu as en toi, mais…

– Ah ! Tu vois, tu penses comme moi.

– Xavier…

– Quoi, Xavier ?

– Tu t'emballes comme un gamin…

– Pas du tout ! Mon bouquin sur James Dean n'a pas mal marché, celui sur Mauriac démarre bien… Ah ! Des types comme Mauriac, il en faudrait dix, cent… Lucide, droit, à l'écart des coteries… Son bloc-notes, ça, c'est quelque chose !

– Merci, je lis tu sais !

– Sur l'Algérie, il ne craint pas d'écrire contre son camp. Comme Bernanos, pendant la guerre d'Espagne. La justice, voilà leur ligne de conduite, la justice et l'Homme.

– Qu'est-ce que je disais ?

– Comment ça?

– Tes emballements… Tu parlais de Bretagne et hop, tu pars sur Mauriac et l'Algérie…

– Tout est lié! Imagine, mes articles à *La Vie*, mes bouquins… l'argent rentre gentiment, on repère une bicoque et zou! On revient en Bretagne. Chez nous!

– Hé, qu'est-ce que tu fais?

– Je danse, Françoise, et je t'invite à la valse…

– Il est fou, j'ai épousé un fou, et mon Dieu, je l'aime…

– Moi aussi, je vous aime, Françoise Grall, ma mouette… *Je vous salue mes grands oiseaux / Qui couvez dans mon cœur des élans maritimes / Je vous salue, brousse de houle…* Attends, pour danser, il nous faut de la musique, j'allume la radio.

«… C'est alors qu'elle abordait le village de Le Petit-Villeblevin, près de Villeneuve-la-Guyard, dans l'Yonne, que la Facel Vega conduite par Michel Gallimard a heurté, à pleine vitesse, un des platanes qui bordent la route. Le célèbre éditeur et son ami, l'immense écrivain Albert Camus, ont été tués sur le coup. Nous consacrerons, dès ce soir, une émission spéciale à ce grand nom de la littérature et du théâtre qui vient de nous quitter tragiquement.»

Yvon

À la une de *Ouest-France*, la mort de Camus voisine avec celle de quatre écoliers marseillais fauchés par un camion fou et les obsèques du champion cycliste Fausto Copi. Ainsi composée, la page évoque une fosse commune.

L'intérieur du journal montre la Facel Vega des Gallimard réduite à un amas de ferraille. Elle roulait à 130 km/heure lorsque l'éclatement d'un pneu l'a lancée contre un arbre. Sous le choc, son moteur avait été projeté à 15 mètres de l'impact.

Yvon essaie d'imaginer la fulgurance. Le pneu qui explose, le volant incontrôlable, l'embardée, les cris, la collision… Mais a-t-on eu seulement le temps de crier ? Camus a-t-il tenté de protéger son visage ? A-t-il vu le platane s'encastrer dans la carrosserie ?

En combien de secondes s'efface une vie ?

« Cet homme s'est battu pour que les hommes ne se battent plus ; il a souffert pour que les hommes souffrent moins et son orgueil fut d'humilier l'orgueil : là était sa grandeur, plus que dans son talent et que dans son génie même », écrit Paul-Hutin Desgrées, le directeur de *Ouest-France*.

Se battre pour que les hommes ne se battent plus… Yvon a laissé le journal sur la table de la cuisine. « Tu sors, mon grand ? » a demandé sa mère. Son cœur s'est serré. Il aurait voulu parler mais ses mots étaient trop lourds.

Se battre pour que les hommes ne se battent plus… Quelques semaines plus tôt, Camus avait rédigé, avec le vieil anarchiste Louis Lecoin, un projet de statut pour les objecteurs de conscience qui croupissaient en prison. Et maintenant ?

Yvon atteignait la poste. La lettre, sortie de sa poche, était froissée. Il l'aurait préférée nette comme un habit bien repassé qu'on porte aux grandes occasions. Tant pis. Il la laissa tomber dans la boîte.

VII

Saint-Michel de Brasparts. Jadis, Xavier y montait sans effort. Les montagnes bretonnes ont la modestie des collines. Rabotées par les vents, érodées par les siècles, on les dirait agenouillées.

Saint-Michel de Brasparts, la lande et les rochers, des versants millénaires giflés par les grains, battus par les bourrasques. Bon saint, protégez les semences, les bêtes et les chaumières. *Notre Dame des hiboux et des solitaires* veillez sur nous tels que nous sommes, chancelants humains au front inquiet.

Aux pieds du mont, le *Yeun Elez*, le marais de l'enfer, et sa tourbière. Elle vous happe, vous entraîne, gluante, vers les tréfonds et vous engloutit. C'est là que les *anaon*, les âmes des défunts, se rassemblent comme des oiseaux migrateurs avant de partir, baie des Trépassés, embarquer vers l'éternité. Les légendes celtiques courent sous les fougères. Au clair de lune, il est permis d'y croire. Pour peu qu'on ait prié la bonne mère du Seigneur, l'aurore les dispersera.

Xavier reprend son souffle. Françoise a raison, il devrait consulter. Mais il entend déjà le médecin. Diminuer le tabac, se montrer raisonnable. Et quoi encore ? La cigarette lui est aussi indispensable que son stylo. La santé, voilà bien une préoccupation de bourgeois. Sans écrire, il mourrait et pour écrire, la clope est nécessaire. Les idées viennent sur ses volutes. Le priver de tabac ? Allez, toubib, les poumons tiendront ! Demande-t-on aux soufflets de forge de ne plus ronfler ?

Assis sur un rocher Xavier a sorti ses cigarettes. La fumée d'une Gauloise vaut bien l'encens des prêtres. Coup de zef, le briquet s'éteint. Jésus a toujours le dernier mot. En soupirant, Xavier est entré dans la chapelle.

Les bancs, l'autel, l'odeur de bois humide, les dalles usées par les pas et les génuflexions, les rares vitraux, sans chichis, leur pâle lumière aux lueurs changeantes… Notre Seigneur des pierres, du courlis cendré, de la poussière, de la fleur fanée au pied du crucifix, du buis béni au jour des cendres… Notre Seigneur des landes et du sentier, des monts noirs, du busard et de la fauvette, des lichens et des sphaignes. Notre Seigneur des saisons et des hommes. Tu es dans le creux d'un moellon, la fente d'une poutre, la paille tressée d'un reposoir, tu gîtes sous l'ardoise du toit, dans la cloche fêlée, la mousse d'une gouttière. Notre Seigneur des bêtes invisibles, du lézard dans la faille, de la souris dans son trou, de l'abeille solitaire.

Seigneur de la lampe allumée et du cierge vacillant. Les larmes de cire sont des larmes de joie. Bonheur à celui qui a fait halte et ravivé la flamme. Quel pèlerin solitaire priait là il y a peu ? Xavier fouille ses poches. Il y a son mouchoir en boule, son opinel, le briquet, les Gauloises, mais sa bourse est vide… Pauvre Jésus, pas une pièce pour ajouter une veilleuse à celle de l'inconnu. Ah ! Si. Dans la doublure du porte-monnaie. Voilà, frère anonyme des chemins. Nos lumignons brillent côte à côte. Timides comme deux enfants devant le maître d'école.

Bénis celui qui m'a précédé, Seigneur, prends-le en ta sainte garde. Éclaire sa route comme nos cierges éclairent ta maison. Ta chapelle est sanctifiée. Que ton Église le soit. Elle sent par trop le rassis, le cilice et la flagellation.

Notre Seigneur de courroux et de bonté, Dieu des tempêtes et des mers calmes, rends-nous ivres de vie, pétris-nous d'amour.

Dieu de toute grâce, prends pitié.

Miserere.

Seigneur
Par l'annonciation des poètes
Je crois aux jours heureux
De votre parousie
Vous viendrez dans les vergers
Par la voie lactée
Et les sentiers d'ancolies
Nos maisons de pierre seront vos reposoirs
Nous mettrons le pain le vin sur la table
Les colombes s'envoleront des retables
Ô les ajoncs sensibles dans la clarté du soir

Eaux dormantes

Une rue sous le soleil. Des passants attendent l'autobus. Des badauds déambulent. Une boutique annonce une liquidation générale… Ces dernières semaines, le FLN a multiplié les attentats. Il frappe désormais au cœur de la ville. Hier encore, une bombe a pulvérisé la terrasse d'une brasserie. Quelques secondes auparavant, des hommes étaient attablés devant l'anisette et les olives. Des femmes sirotaient des boissons colorées, jaune gentiane, mandarin doré, vert perroquet, rouge grenadine… Elles portaient des jupes vichy à la mode B.B., des ballerines ou des escarpins, des coiffures apprêtées et, pour certaines, un carré de soie à la Sagan. Les enfants se barbouillaient de glace, pistache, framboise, vanille, des pailles plongeaient dans leurs sodas. Pschitt orange pour toi, cher ange, Pschitt citron pour moi, garçon. Fanta, Cacolac et lait fraise… Il y avait des journaux ouverts, des cendriers, des bocks et des dessous de bocks. Malgré les opérations militaires, la guérilla dans le bled, malgré les pains de plastic et les porteuses de bombes, malgré les assassinats d'Européens, les exécutions d'Arabes, les ratonnades, malgré les tirs aveugles, les regards hostiles, le fossé creusé chaque jour davantage, malgré le pays qui part en quenouille et la perspective d'être lâchés par Paris, les Pieds-noirs faisaient terrasse comme on s'accroche à un rêve.

Un instant plus tard, on relevait les corps.

En représailles, dans un soubassement militaire, on torturera un homme. Un autre sera jeté d'un hélicoptère en vol. Dans une mechta, une femme sera violée sous les yeux de son enfant. En réponse, une nouvelle bombe explosera à une autre terrasse. Un instituteur sera égorgé sur le seuil de sa classe. On retrouvera le cadavre d'un jeune soldat abandonné aux corbeaux, son sexe tranché.

Et la spirale sera sans fin.

VIII

Yvon ne l'a pas remarqué tout de suite, Xavier était attablé au fond de la salle. En retrait. Certains jours la fréquentation des humains se doit au silence. Elle est plus intime sans le filtre des paroles. Ces jours-là, Xavier est une éponge. Il s'imprègne des autres, de leurs visages, de leurs gestes, de leurs voix. Leurs odeurs se mêlent à celles du cidre, de la bière et du journal qu'il feuillette. La titraille, les polices de caractères, la maquette, la rédaction des papiers, même les plus ordinaires : le marché aux chevaux, le bal au foyer des anciens, le concours de tarot ou de palet breton… Rien de ce qui fait un journal ne lui est indifférent.

C'est pour cela qu'Yvon ne l'a pas remarqué. Immobile dans son coin, Xavier lisait, sans vraiment lire. C'est sa toux qui l'a révélé. Yvon a pensé à son père. Son cancer, ses pas raccourcis, la bouteille d'oxygène à la fin. Et ses fichues cigarettes qu'il s'obstinait à fumer. Il s'était mis aux « papier maïs », prétextant que leur combustion lente et leur extinction fréquente les rendaient moins nocives. Il gardait aux lèvres, comme une tétine d'enfant, un perpétuel mégot éteint, jaunâtre et brun de salive. Il le traînait partout, comme il traînait la semelle de ses chaussons, sa bonbonne d'oxygène, et son corps décavé. Xavier ne l'est pas encore, décavé, mais quelque chose dans son maintien ressemble à un avertissement. Sur sa table, un verre de vin, le journal, un paquet de Gauloises et un carnet à spirale. Il a relevé la tête comme un rêveur qui sent un regard sur lui. Ses yeux, charbons ardents, et soudain, le sourire. Large, ravinant le visage. La maigreur, la bouche taillée à la gouge. Il ressemble à une eau-forte, un bois sculpté. Il tient de l'arbre noueux torturé par les bourrasques, de la racine sortie de terre.

Xavier a levé son verre et désigne la chaise vide, face à lui.

– Tu prends quoi ?

Aïe… Yvon est tombé sur un de ces piliers de bar qui vous harponnent dès qu'ils se sentent observés. Il s'assied au bord de la chaise comme un qui n'entend pas rester.

– Je ne sais pas, un café…

– Louis ! Un gloria, pour le jeune homme…

– Non, non, juste un café…

– Tututut ! Le lambig de Louis est des meilleurs et tu m'as l'air gelé. Alors, dis-moi, qu'est-ce que j'ai ?

– Pardon ?

– Tu me dévisageais... J'ai quoi ? Un air de déjà-vu ? Une tache sur le nez ?

– Non, pas du tout, c'est le journal.

– Eh bien qu'a-t-il de particulier ?

– Lui, rien, mais votre manière de le lire... Vos yeux suivent les lignes et, en même temps, on dirait que vous êtes ailleurs...

– Ma foi, tu observes assez bien. Le canard n'a rien de passionnant mais il est plutôt riche en coquilles... Les repérer est amusant. Pour ça, pas besoin d'une grande attention.

– Ah ?

– Déformation professionnelle...

– Vous travaillez dans la presse ?

– Je suis journaliste. À *La Vie catholique.*

Yvon s'est détendu.

– *La Vie* ? Oh, c'est drôle...

– Pas tant que ça...

– Non, je voulais dire je vous ai sûrement lu. On est abonné, chez nous.

– Je m'appelle Xavier Grall.

– Mais oui, oui. Ça alors...Vous êtes rentré au pays ?

– J’y songe…

– C’est vous, l’enquête…

– L’enquête ?

– Sur les soldats en Algérie. On en a parlé à la JAC…

– La JAC… Tu en es ?

– Oui, par ici, c’est monnaie courante.

– Et vous en dites quoi, de cette enquête ?

– Qu’elle ne doit pas plaire à tout le monde…

– On n’enquête pas pour plaire mais pour savoir. Toi, l’Algérie, tu en penses quoi ?

– …

– Eh bien, qu’est-ce que tu as ?

– Rien, je n’ai rien…

– Tu parles ! Ton visage est aussi expressif que celui d’un acteur du muet. Si tu ne veux pas qu’on lise dessus, fais-toi la bobine de Buster Keaton, pas de Chaplin. Alors quoi ? C’est l’Algérie ?

– …

– Ok, c’est l’Algérie… Tu as la tête d’un gars qui a reçu sa feuille de route… Tu pars quand ?

– Je… Je ne pars pas… Je suis objecteur de conscience. Je viens de poster ma lettre aux autorités militaires.

– Merde ! Louis ! Tu peux nous apporter deux autres lambig !

– Merci, je ne suis pas très alcool…

– Tutut ! Un insoumis ne se rencontre pas tous les jours. Ça s'arrose !

Insoumis. Des Témoins de Jéhovah qui refusent de porter une arme et moisissent en prison, des anarchistes saute-frontières, des chrétiens pacifistes. Des mondes qui s'ignorent, des silhouettes de l'ombre à faux papiers ou des volontaires pour la taule, des hors-la-loi par idées, des apôtres de l'Évangile. Au magasin du refus on trouve de tout, mais pas en nombre. Et Yvon, sa gueule d'angelot, sa belle âme et ses gros sabots. Pas fichu de lamper un lambig sans que les larmes lui mouillent les yeux. Tendron que la prison abîmera comme il faut. Il ignore tout de la vie et des sales tours qu'elle joue à l'abri des hauts murs. Les grilles, les serrures, les judas tirés, l'œil guette au trou, les bruits, la puanteur, la crasse, les cloportes… Et la dureté des hommes… C'est féroce, là-dedans.

– Tu vas faire quoi ?

– Je vais rejoindre l'Action civile non violente.

– Et ?

– On viendra peut-être m'arrêter, je sais. Mais j'aurai témoigné…

– Témoigné de quoi quand tu seras en taule ? Tu crois que ta voix portera entre quatre murs ?

– Au moins, j'aurais agi selon ma conscience.

– Tu connais le sort des types comme toi ? Deux ou trois ans de placard et quand ils ont purgé leur peine, ils ne sont pas quitte. On les réexpédie en caserne et rebelotte. Acceptez-vous de remplir vos obligations militaires ? Non ? Retour à la prison. Ça peut durer longtemps. Pour le plus ancien, ça fait neuf ans. Neuf ans de taule entrecoupés par la comédie de l'uniforme. À chaque fois, il le refuse et à chaque fois on le renvoie dans sa cellule.

– Je verrai bien.

– Tu n'es pas ordinaire, toi, hein ?

– Je ne sais pas.

– Qu'est-ce que tu sais ?

– Qu'il faut essayer. Faire prendre conscience… Il faut…

– Il faut, il faut. Tu crois que le monde t'attendait ? Le mal est enkysté. Il ronge l'Algérie depuis des lustres. Personne n'a écouté ceux qui alertaient. Personne n'a voulu entendre les hommes de bonne volonté, surtout quand ils étaient Algériens. Ah ! ceux-là, on les a bien dédaignés ! Leur main tendue dans le vide… À chaque refus, à chaque affront qu'on leur faisait, le fossé grandissait. Qu'importe, il ne fallait rien concéder, jamais…

– Le colonialisme…

– Bien sûr, et les colons. Gros propriétaires, nuques raides et ventres pleins, pas vrai ? Mais tous les autres, les pauvres bougres, accrochés à leur vie de peu, les descendants des pas de chance, des migrants, des proscrits, des barricadiers de 1848, des communards de 71… Ils ne possèdent pas des mille et des cents, eux.

– Non, évidemment…

– Mais voilà, ils sont là ! Le vent de l'Histoire ne triera pas. Il va leur souffler au cul. À tous. Et il sera impitoyable. Il descendra des montagnes, il se déversera dans les douars, il s'engouffrera dans les villes, dans les dédales de la Casbah. Il secouera les avenues, ravagera les places…

– Si c'est vraiment ce que vous pensez, rien ne sert à rien. Il faut faire quoi, obéir ? Rentrer dans le rang ?

– Si je le savais, ce qu'il faut faire… De toute façon, je n'ai aucun conseil à donner. Ta décision est prise, non ?

– Vous voudriez qu'elle change ?

– Caboche bretonne, hein ?

– Dure comme le granit…

– Alors essaie d'être comme lui. On le croit d'un bloc, planté, mastoc. Foutaise, il est fait du vent. Il s'y frotte comme un chat à l'arête d'un mur. Il en tire sa fantaisie.

– Vous trouvez le granit fantaisiste ?

– Plutôt, oui. Tu n'as jamais regardé les rochers ?

Celui-ci est un ours endormi, celui-là un cormoran. Ils changent aux heures du jour, jouent avec la lumière. Imite-les… Ça te fait rire ?

– Je m'imagine en ours-cormoran. Un cormorours…

– Et pourquoi pas ? En France, on veut du rationnel. Carré, cartésien… Ailleurs, on voit le monde autrement. Tiens, en Algérie…

– Vous y êtes allé ?

Xavier a vidé son verre. Le revoilà là-bas, petit biffin. Empêtré dans son fourniment, honteux des regards qu'il surprend. Ceux des Arabes fuient le sien, ceux des Pieds-noirs s'y accrochent, ceux des gradés le glacent. Ce qu'il a vu, il n'en parlera pas. Un trop-plein de mots s'entasse dans sa gorge. Un psy lirait dans son questionnaire aux soldats une tentative d'autothérapie ou un truc du genre. Mais pour les trouffions cassés, pas de cellule psychologique. Il ne s'est rien passé. Ou si peu. La guerre n'a pas existé. Rompez !

« Mon plus mauvais souvenir a été de voir promener à travers un village, sur le capot d'une jeep (par des militaires), un musulman qui venait d'être tué au cours d'un accrochage. Dans le but de le faire voir du plus grand nombre de gens possible. »
X., caporal, agriculteur

« Mon plus mauvais souvenir : l'instant de vérité où le petit français idéaliste et boy-scout s'est rendu compte que l'armée à laquelle j'appartenais n'était qu'une armée d'occupation et agissait comme elle. »
P.C., *sergent, clerc*

« J'ai assisté impuissant à un attentat dont la victime était un copain. Instituteur, il a été atteint à la porte de sa classe dans laquelle se trouvaient soixante petits Arabes. Il faisait la classe depuis huit jours seulement. »
C.M., *comptable*

« Dans une embuscade, quatre copains ont été enlevés. Les rebelles ont remplacé leurs tripes par de la terre et nous les avons trouvés comme ça. C'était trois jours avant Noël. »
C.L., *maréchal des logis*

IX

Saint-Brieuc. Il pluviote sur le cimetière. Bon pour les chrysanthèmes, pas pour les bronches. Crachin, crachat, tubardise en veux-tu en voilà. Emphysème, pneumothorax, broncho-pneumopathie chronique occultante, septum alvéolaire, parenchyme… par-en-chier, oui ! Le mal finira par te crever, Xavier, boucher tes tuyaux. Tu seras vieil évier. Encrassé du syphon, font, font, les petites cages thoraciques, un syphon fond, fond, trois crachins et s'en iront…

Tu as choisi ton jour. Le baromètre n'était pas de bon augure mais tu t'en moques. Braver le temps, les vents, les gens. Et jamais, surtout, jamais se dédire. Qu'il flotte ou qu'il neige, cap sur Saint-Brieuc. Le père de Camus y repose et tu dois pondre un article !

En Algérie, Camus te lavait de la crasse. Tu te plongeais dans *Noces* comme dans une eau claire. Le livre lumière, *splendeur, galet rond et tiède comme le genou d'une femme, mer caressant les herbes et les ruines.* Georges Hourdin t'avait fait découvrir les articles de Camus écrits, trente ans plus tôt, alors qu'il parcourait l'Algérie des montagnes et des douars où les autres n'allaient pas. Camus parlait des oubliés, dévoilait l'envers du décor. Misère de la Kabylie. Il appelait aux réformes, à la justice... Mais qui lisait *Alger républicain* ? Camus prêchait dans le désert, loin des villes, ignoré de la métropole. Les autorités françaises restaient aveugles aux mains tendues. Camus dénonçant la torture des uns, les bombes des autres, les fusillades dans les villages, les exécutions sommaires, la sauvagerie et les cycles sans fin. Il rêvait d'une Algérie fraternelle, lui, le fils de pauvres qui y avaient immigré. Venir sur la tombe de son père, tu lui devais. Lucien Camus, 1885-1914. Passé du soleil d'Algérie à la nuit des tranchées. Pas eu le temps de se cailler les sangs dans la Marne. Fauché. Tombé en première ligne. Les premières semaines. Dans la boue bien épaisse, et grasse, et gluante. Aspiré comme par le *Yeun*, à Brasparts. Repêché, la tête farcie d'acier. « Hé, Lucien, tu nous entends ? C'est nous, tes poteaux. Infirmier ! Infirmier ! » Le pansement charpie sur son crâne en capilotade, sur ses yeux morts, la purée sanguinolente. Transbahuté moribond jusqu'ici, à l'hôpital auxiliaire 302. Bien méritant, Lucien. Le courage des obscurs. La plainte discrète. Le gémissement retenu. Gueuler ? Autant dire se révolter. Pas pour lui. Encaisser, par force, parce que, voilà, rien n'y changera. Brave bête de somme. Cheval de trait, bâté bourricot, chien fidèle. Soumis. Labeur et picotin, chaîne et gamelle. Il était ça, Lucien Camus. Colon tout petit dans le civil. Trois francs, six sous. Le diable par la queue. Un lopin de terre et le mal aux reins de se courber dessus. Le crachin à Saint-Brieuc lui va. Tout lui va. Ce n'est pas défunt qu'il va se plaindre. Et toi, Xavier, tu lui ferais faux bond parce que le ciel est à la pluie ?

Quarante ans après la mort du Camus Lucien, son fils était venu sur sa tombe. Elle est chemin sinueux, la vie. Comme les lignes de la main. On a lu les tiennes, Xavier. Une Gitane, à Sarcelles. La robe traînante, les bracelets, la caravane, tout le toutim. C'était époque à terrains vagues, encore. Orties et herbes folles. Ça mettait du vert. Alors, les lignes dans ta main, pourquoi pas ? Elle n'y voyait rien de fabuleux, la Gitane. « Tu écris », elle avait dit. Avec tes doigts tachés d'encre, ce n'était pas sorcier à deviner. « Tu écris et tu chanteras. » Là, elle était à côté de la plaque. Tu lui avais quand même lâché la pièce. Au fond, elle avait vu, dans ta paume... L'écriture est une musique.

Mais regarde, voici le carré militaire et la tombe. Lucien Auguste Camus, deuxième classe au premier régiment des zouaves. N° matricule 12373, mort pour la France le 1er octobre 1914. Avant la Marne, il avait déjà côtoyé l'horreur, Lucien. Neuf ans plus tôt, au Maroc. Service militaire. Biffin de rien, conscrit comme toi, Xavier, et déjà les troubles dans l'Atlas. Deux copains égorgés par des rebelles, une nuit de garde. Leurs corps émasculés. Lucien, bouleversé : « Un homme ça s'empêche, il dit, sinon, c'est plus un homme. » Hé quoi, il est aussi des Français qui ne s'empêchent pas… « Alors eux non plus, ce ne sont pas des hommes. Moi je suis pauvre, je sors de l'orphelinat, on me met cet habit, on me traîne à la guerre mais je m'empêche. » Et toi, Xavier, en Algérie ?

J'ai découvert Camus dans sa propre patrie. C'était au cours d'une opération périlleuse sur les pentes d'un djebel velu, non loin de Médéa. Je n'avais jamais été en danger jusqu'à ce jour-là. Je me souviens encore de ce matin extraordinairement beau et glorieux. La terre sentait la vigne, l'olivier, le safran, toutes ces choses humaines, rassurantes et douces. Nous dominions la plaine rousse de rayons et tranquille. Il eût été bon de ne pas être soldat et de ne pas être en guerre […] Mais il fallait marcher. L'arme dans mon poing, fidèle, fatale et dangereuse suintait de la sueur de mon corps. Il était absurde de marcher, d'aller peut-être vers la mort. Il était parfaitement fou de ne pas vivre encore. Et pourtant il fallait marcher. À tout prix. À midi par 40 degrés nous marchions toujours dans la montagne. Il fallait aller. À cause des copains, pour ne pas les laisser tomber, pour être avec eux, à cause de soi-même aussi, pour avoir raison de sa peur, de sa panique. Pour être un homme tout simplement. C'est à ce moment-là que j'ai découvert Camus […] J'ignore si vous avez lu La Peste. *Je vous conseille en tout cas sa lecture. La peste, c'est le fléau, n'importe quel fléau qui assaille l'humanité. La peste, c'est la maladie, la souffrance, le mal, la guerre, la guerre d'Algérie par exemple. Mon djebel à l'heure dangereuse et malsaine des embuscades, c'était encore la peste.*

Eaux dormantes

On dirait un cœur qui bat, amplifié par un de ces appareils de surveillance auxquels sont reliés les malades dans le coma. Les palpitations sourdes résonnent comme une contrebasse marque un tempo. Cela pourrait évoquer la longue introduction d'une musique répétitive. Le démarrage d'un set dans un club de jazz ? Le brouhaha de la salle s'estompe, dompté par le rythme hypnotique de l'instrument qui résonne à présent dans un silence parfait… Cœur battant, contrebasse. Diastole, systole. Cœur-contrebasse. Xavier s'est arrêté. Le musicien a suspendu son geste, la main au-dessus des cordes. Quand Xavier repart, le rythme binaire reprend. Savoir si le son est celui d'un instrument ou celui d'une machine d'hôpital aiderait Xavier à comprendre où il se trouve.

L'hôpital, si c'en est un, n'est pas reluisant. Sombre, murs humides, décrépis… Quelle idée de les avoir recouverts de lambeaux de papier peint ? Si ce sont ceux d'un club de jazz, leur décoration entend peut-être exprimer une révolte, le rejet d'un ordre établi. L'alternance de ciment et de lais rococos porterait un message existentiel. La fin de l'intro pourrait le dire mais elle tarde tant… Alors, hôpital délabré ? Pourquoi pas un bloc hospitalier militaire, installé sur le front dans des locaux précaires ? L'urgence, la course à la vie, les soignants sans repos, sans sommeil, la souffrance des blessés, la fièvre, les effluves de sang et d'anesthésiques… Sous les vapeurs d'éther, les lambeaux de papier, sur le mur, ondulent en vagues molles. Les saules qui les ornent ploient sans le moindre filet d'air pour les agiter. L'atmosphère étouffante en aurait pourtant besoin. Mais non. Rien d'autre que les saules mouvants et le bruit de cœur-contrebasse. Xavier de nouveau arrêté, le silence se fait. Quand il repart, le battement reprend. Xavier accélère, il lui faut sortir de là. Le tempo suit sa cadence. Xavier est une marionnette actionnée par une machine à rythme. Les exhalaisons d'antiseptiques et de plaies lui soulèvent le cœur. La porte, au bout du couloir, la porte, une fois atteinte, il pourra sortir. La cadence s'est faite rapide, il s'est mis à courir. De l'autre côté de la porte, un long hurlement. Sa stridence évoque celle des saxophones poussés aux extrêmes dans les musiques déconstruites. Mais Xavier n'est pas dans un club de jazz. Ni dans un couloir d'hôpital. Le battement du cœur-contrebasse est celui de ses rangers sur le sol.

X

– « *Rien ne peut donner une idée de l'intolérable situation que nous faisons aux Arabes. Le principe de la colonisation française consiste à les faire crever de faim (…) Les rebelles ne se battent aujourd'hui que pour les vivres, ou plutôt pour vivre. Ils sont peu nombreux, mais hardis et désespérés comme des hommes poussés à bout. Mais comme le fanatisme s'en mêle, comme les marabouts travaillent sans repos la population, comme le gouvernement français semble accumuler les âneries, il se peut que cette simple révolte devienne une guerre générale que nous devrons surtout à notre impéritie et à notre imprévoyance…* » Françoise, tu entends ça ?

– Tu l'as crié assez fort. Qu'est-ce que c'est ?

– Un reportage de Maupassant…

– Maupassant ?

– Il parcourait l'Algérie, envoyé par *Le Gaulois*. Tu te rends compte ? C'était il y a cent ans… Cent ans… et ils n'ont rien entendu. Depuis un siècle, personne n'entend…

– Tu ne changeras pas le monde.

– Au moins, pourrait-on faire en sorte qu'il ne se défasse pas davantage…

– Ça, c'est de Camus…

– Lui non plus n'a pas été entendu… Quand les armes ont parlé, c'était trop tard. L'Algérie fraternelle n'avait plus aucune chance de voir le jour. La bêtise de la France a fait le jeu du FLN. Les injustices, la violence en escalade, les atrocités. Trop de sang versé. Trop de victimes, trop de martyrs. Camus le savait. Ah ! Les gouvernements et leur politique imbécile…

– Le camp des hommes de bonne volonté exige tant…

– Je ne l'ai pas rejoint. J'aurais dû…

– Tu aurais dû quoi ? Déserter ? Ça aurait changé quelque chose ?

– J'ai rencontré un zigoto qui a choisi de le faire. Un de ces doux à qui le ciel appartient… Horripilant de candeur. Une naïveté qui te fait honte d'avoir largué la tienne comme une vieille chaussette, tu vois le genre ?

– Xavier, je vois surtout un bel égoïste.

– Lui, égoïste ?

– Non, toi !

– Moi ?

– Parfaitement. Tu rumines ton sort mais as-tu pensé à moi ? T'insoumettre t'aurait conduit en prison ; pendant que tu y couchais avec ta chère pureté, ma place aurait été à la maison, je suppose, à attendre le retour du héros...

– Qu'est-ce que... ?

– Nos filles, Xavier Grall, nous les avons faites ensemble, tu t'en souviens, je pense...

– Quel rapport ?

– C'est la meilleure ! Il tombe des nues... Les enfants faits, Monsieur déciderait de les priver de père, et moi de mari. La femme au foyer et l'homme où bon lui semble ? Merci ! Le monde, je pourrais autant que toi partir le refaire !

– Mais...

– Chut !

– Qu'est-ce qu'il y a ?

– Chut ! je te dis. Tu vas t'enfoncer...

Silhouette élastique, longs bras, longues jambes, maigreur, Xavier est trait d'encre sur un cellulo, un crayonné de dessin animé.

– Dame Françoise, seriez-vous convertie au féminisme ?

– Messire Xavier, grand bien vous fasse de vous y convertir mêmement.

– Vrai, tu trouves que j'en ai besoin ?

– Il le demande ! Mon Dieu, il le demande !

XI

Il y a le *biniou kozh*, il y a la bombarde et, sur la scène, les deux sonneurs se répondent. Le son aigrelet du premier s'efface sous la puissance du second. Puis le biniou poursuit seul, laissant le joueur de bombarde reprendre haleine. Et les deux se mêlent à nouveau. Il en est ainsi jusqu'à la fin du morceau. Duo, solo, duo, solo, la, la, leno. Sonner demande du coffre. L'anche de la bombarde est si étroite qu'elle ne laisse passer qu'un filet d'air. Il faut voir le *bombarder*, les lèvres pincées, les joues gonflées, les veines saillantes. Le son qu'il expulse de l'instrument est bien fichu d'en remontrer aux tempêtes.

Xavier n'embouchera jamais le hautbois breton. Il ne tiendrait pas une mesure si son maigre souffle parvenait à forcer l'anche. Bon sang, il n'était pas ainsi jadis. Il n'avait jamais été costaud mais tout de même, suffisamment gaillard pour le conseil de révision. Le grand ratissage des Bretons. La République en avait enrôlé, des comme lui, qui ne demandaient rien. Ceux de 1793 à pleines charrettes, les blés pourrissant derrière eux, ceux de 1870, affamés au camp de Conlie, ceux de 14, viande à tranchées. Jamais rassasiée, la Marianne. Bien jouasse de son empire, elle remettait le couvert outre-mer. Vive la classe ! Ah ! les « trois jours » qui évaluaient le bétail humain… Rennes, un troupeau de deux cents têtes. Deux cents corps nus, empotés, les attributs pendouillant, pâlots de la ville et rougeauds des champs. Pesés, mesurés, inspectés comme le bétail au foirail. En face, les maquignons d'hommes. « Ouvre la bouche ! Tire la langue ! Fais aaaah ! Tousse ! Avance ! Mets-toi sous la toise ! Bon pour le service ! » La route du retour jalonnée de bistrots et de vannes lâchées comme des rots. Les voilà hommes ! Pas comme les réformés. Mal finis, ceux-là, souffreteux, pieds-plats, binoclards ! Pouah ! Tandis que les balaises, cocarde au revers… « L'Afrique t'attend. Avec des lurons comme toi, les blédards qui renâclent rentreront dans le rang, c'est tout vu ! » Il a vu, Xavier. Griveton à contrecœur. Seize mois. Corvées, contraintes, exercices, une deux, l'arme à l'épaule, gauche, droite, auche… auche… Gardes, chambrée, ennui jusque dans les permissions. Pourtant, malgré tout, malgré les escarmouches, dans ce pays de lumière, Xavier avait fait « *l'expérience de l'éclatante beauté de l'univers* ». Comme Charles de Foucauld, amateur de plaisirs et de sabre au clair, qui avait troqué l'uniforme contre la robe de bure et les hardes du vagabond. Comme Rimbaud, écrits jetés et pour seule poésie l'empreinte de ses pas dans le sable. Rimbaud, effacé de la littérature, Foucauld, effacé de l'Occident. Le désert les avait absorbés, Dieu avec lui.

Sur l'estrade, il y a le biniou et la bombarde. Cousins bretons du *mezoued* et de la *zurna*. Au pied des musiciens, les danseurs martèlent le sol pareils aux *imazhigens* des montagnes berbères. Xavier navigue entre Atlas et Armorique. Il est entré dans la ronde. L'*an dro* n'est pas compliqué. Trois pas en avant, pied gauche-droit-gauche, trois pas en arrière, pied droit-gauche-droit, et le moulinet des bras, auriculaires accrochés à ceux des autres danseurs. La transe pourrait durer des heures. Oubli de la fatigue et des labeurs, oubli de soi, fusion au rythme. La chaîne humaine est un serpent celtique, un grand corps qui ondule. Xavier tangue. Ferait beau voir qu'il ne le puisse. Bon pour le service, qu'il fut deux fois ! Maroc, Algérie… Les godillots sont lourds dans le sac et plus encore le cœur dans la poitrine. Les soleils couchants sont des sanguines.

Tout de même, je garde du Maghreb une vigilante nostalgie et porte sa lumière à la semelle de mes souliers.

– Que dis-tu Xavier ? Avec la musique, je ne t'entends pas…

– La, la, leno, Françoise ! La, la, leno..

La blancheur des pierres, les cités de sable, l'indolence des chameaux. Les villes nonchalantes et grouillantes. La sensualité du soleil et des rivages. Les couleurs. Les bleus de la mer et du ciel, les rouges des piments, des tapis, l'ocre des murs, les gris poussière, le vert des prières. Les voyelles d'Arthur et l'écriture mauresque comme des volutes de kif. La fragrance des jasmins, les perles de sueur aux bras nus des Européennes, les paumes des Musulmanes, orange de henné, les bijoux tintant et les silhouettes fantomatiques couvertes du *haïk*. Xavier a tout pris. La touffeur écrasante des jours, la froidure des nuits, la pierraille des pistes, la neige des sommets, la voûte étoilée et les croissants de lune. *Les Noces* de Camus et celles de Cana, la marche au Harare d'un marchand qui fut poète et celle d'un ancien lieutenant de cavalerie devenu frère universel.

Tout se mêle, la bombarde et le *mezoued*, la *zurna* et le biniou, Xavier et les danseurs. Maghreb, pied droit-gauche-droit, en arrière, Bretagne, pied gauche-droit-gauche, en avant …

– Ah ! Françoise, la tendresse de l'olivier n'a jamais cessé de croiser en moi la tempête de l'océan…

– Hein ? Parle plus fort, je n'entends rien avec la musique…

– Je disais la tendresse…

Présomptueux Xavier qui oublie ses poumons. L'air leur manque comme il manque à la bombarde quand le sonneur reprend souffle. Celui de Xavier s'est envolé. Porté par le suroît, il fuit vers la lande. Xavier, ta quille est à sec. Tu es dundee échoué à marée basse.

XII

L'odeur du café. C'est quelque chose ! Avant, il y avait eu le bruit du moulin. La manivelle qu'on tourne, le craquement des grains concassés. Plus tôt encore, le jour s'était invité à travers les volets. Xavier avait contemplé ses premières lueurs. Il avait senti Françoise se lever puis un retour de sommeil l'avait cueilli. Le *fest noz* l'a claqué pire qu'une trop longue marche. Le vin. Se méfier des pinards de bal. Ils poussent à la danse mais vous la font payer. Il n'empêche, la fête était réussie. Vrai. Et ce môme plus petit que sa harpe, hissé sur scène. Jamais entendu ça ! Les danseurs figés dans la surprise. L'instant suspendu et les notes qui s'envolaient sous les doigts du gamin. Une ballade, d'abord, douce comme une mer paisible dont on devine les tourments secrets. Les arpèges aériens puis le toucher de cordes enchaînant sur la danse. Le môme n'avait peur de rien. Xavier avait noté son nom. Alan Cochevelou[3].

3 Le futur Alan Stivell

La harpe celtique, disparue depuis des siècles, réapparaissait entre les mains d'un ange ! Quelque chose n'avait jamais cessé de vivre, ici, avec le parler sous le boisseau, le cri des oiseaux de mer, le hennissement des chevaux de trait. Nul n'avait abdiqué. Les sources chantaient dans les forêts. Il fallait les redécouvrir. Elles rendraient au peuple sa culture lavée de la bigoudénie, des Bécassine bouche-cousue, des Botrel naphtaline et d'un folklore de musée.

Xavier a ouvert les volets. La fatigue de la veille s'envole sur l'aile d'un goëland criard.

– Ça sent l'enfance, l'aube des labours et les matins de marché…

La cafetière, au chaud sur la cuisinière, Françoise un bol entre les mains :

– L'aube des labours, elle ne t'a pas attendu. Dix heures vont sonner…

– Déjà ? Quelle drôle de chose.

– Bien remis, au moins…

– Remis ? Moi ? Pas malade… Je te coupe une tranche de pain ?

– Sors-le au moins du torchon avant de le trancher…

– Du torch… ? Dame Françoise, j'en ignore la raison mais vous me moquez…

– Messire Xavier, j'ai quelque peu peiné à vous ramener icelle nuit.

– La danse nous conduit parfois jusqu'aux étoiles.

– La danse, seulement la danse ?

– La harpe aussi.

– Ce n'est pas à elle que je pensais…

– Bon sang ! Ce gamin… Sa harpe, il la sort d'où ? C'est la première fois que j'en vois une.

– Son père l'a fabriquée à partir des traités d'anciens luthiers.

– Fortiche ! Je peux ravoir du pain ?

– Eh bien, l'appétit est bon….

– J'ai une faim de loup. De loup breton !

– Bigre !

– À Landivisiau, chez nous, quand j'étais enfant, le café avait cette senteur, et le pain cette mie, et le beurre ce sel…

– Tout est bon alors, j'ai réussi mon examen de retour aux sources ?

– C'est étrange ce que tu dis…

– Quoi ?

– Retour aux sources, j'y songeais avant de descendre. Il serait temps d'y revenir, aux sources, et de s'y désaltérer.

XIII

Sur les pavés, un camion brinquebale. Devant son gros mufle on pense huile, bielles, arbre à came, calandre et pneus crottés. Des mots qui évoquent les poids lourds à ceux qui n'y connaissent rien. Xavier n'y connaît pas grand-chose mais le bruit d'un camion, ses vapeurs de gazole, sa poussière et ses tôles convoquent les longues routes américaines aux numéros mythiques, les chauffeurs tatoués d'aigles et les vagabonds qu'on charge en stop pour rester éveillé dans les déserts et sur les *highways*.

Dans le jour qui peine à se lever, Xavier voyage immobile. Le camion, aussi bien, l'emmènerait sur des nationales à nids-de-poule et platanes. Jusqu'en Bretagne. Son propriétaire l'a décoré d'hermines peintes. Mais c'est en banlieue parisienne que l'entreprise Le Goarnic construit des HLM. De Gennevilliers à Sarcelles, d'Épinay à Mantes-la-Jolie, elles poussent dans le ciel gris chantier en floraison accélérée.

Caractère trempé, Le Goarnic. Breton bretonnant, il donne à ses enfants des prénoms dont l'état civil refuse la non-francité, Adraboran, Maïwenn, Gwendal, Diwezha, Sklerijenn, Brann… Il embauche des râleurs, comme lui, Bretons, Kabyles, Arabes… Étranges étrangers à la Prévert. Habitants des logements insalubres et des bidonvilles. Ceux-là montent des maisons qu'ils n'auront jamais.

Dans le camion qui file vers Nanterre, un diable sommeille. Il est de grande carcasse et de poumons malades, lui aussi. Il a des poèmes en tête et une voix de stentor pour les déclamer. Peut-être a-t-il vu la signature de Xavier dans *La Vie catholique*, il lui arrive de la lire. Comme Xavier, c'est un chrétien de mauvaise compagnie. Il parle à Dieu et chante des prières mais il déteste les radoteurs de sacristie et leur morale au cul béni. Le diable se nomme Milig Ar Skanv. Il se surnommera bientôt Glenmor.

Quand Xavier et lui se seront trouvés, ils ne se quitteront plus. Concerts, rues de la soif, ports mouillés, villages bas du ciel, marées noires et colères identiques. Les tables de bois poisseuses de bouteilles, à la Mission bretonne, à Montparnasse, à l'Hôtel de la Poste, à Pont-Aven, à L'Enfer, à Botzulan… Les bars-tabac, les rades éteints, les rues, l'aube de poubelles et de chats errants.

Le gîte, enfin, chez l'un ou l'autre. Katell ar Skanv et Françoise Grall recueilleront leurs chiens de mer aux flancs creux.

Ils n'en sont pas là. Le camion file vers Nanterre la rouge.

– Tu as une cigarette, Milig ?

– Tiens, Ahmed, sers-toi.

– Celtique ? Toujours des Celtiques, hein ?

– Dame, elles sont comme moi.

– Comme toi ?

– Celte.

– Tu n'es pas Français ?

– Toi, qui viens d'Algérie, tu es quoi ?

– Kabyle.

– Voilà. Eh bien moi je suis Breton. On est fait pour s'entendre.

Nanterre la boueuse. Bulls et pelleteuses, grues et chantiers. Des trous béants. Gigantesques. Fondations, béton coulé, forêt métallique, l'université sort de terre. Congestionnées, les facs parisiennes. Les étudiants transporteront leurs bouquins chez les barbares. Ferrailleurs de la plaine, zoniers des bidonvilles, smalas du Maghreb entassées dans leur casbah de tôles, de planches et de carton. Dix mille âmes, les pieds dans la gadoue. Le gel de l'hiver, les poêles de fortune aux fumées mortifères, la flotte suintante, les puciers humides, les sols bancals et les rats jusque dans les berceaux qu'il faut suspendre aux plafonds précaires pour les protéger.

– On s'arrête au bidonville ? Pourquoi ?

– Le Goarnig n'est pas à un sac près et le ciment fait défaut ici. Alors, il est où ton cousin, Ahmed ?

– Milig, toi, tu es un frère !

XIV

Une panne d'oreiller et tu arrives trop tard, Xavier. Au bidonville, le calme est revenu. La gadoue, les tuyaux, les fumeroles, les baraques embourbées... Des clapiers à humains. Les silhouettes fripées, les bassines en plein air et la baignoire, dehors, qui fait lavoir à la pluie. C'est sauvage là-dedans. Même l'odeur. Une ménagerie humaine qu'on aurait oubliée là.

Deux heures plus tôt, les flics débarquaient. Leurs pélerines battant comme des ailes malades. La pouilleuse casbah banlieusarde abritait du FLN, c'était recta. Les Arbis sont sournois. Même rançonnés par les fellahs, dans leurs gourbis carton pourri, ils ne dénoncent pas. L'impôt révolutionnaire, ils le paient comme ils peuvent mais en silence. Affaires d'Arabes. De toute manière, ils sont bien forcés de cracher au bassinet. Qui n'est pas avec nous est contre nous.

À peine sortis du car, les flics tombaient sur des gugusses français pur sucre. Assis par terre, décidés à ne pas décoller de la bouillasse. Action civile non-violente. Leur banderole annonçait la couleur. Le flic en chef avait lâché un soupir de chambre à air en voyant se lever un maigrichon à tête d'instituteur ou de curé. Gros pull, grosses tatanes, grosses lunettes, grosses ficelles de son discours. Le flic connaissait et le genre l'embarrassait toujours autant. Pas formé à la rhétorique non violente. Sans répartie devant l'autre expliquant calmement pourquoi ses copains et lui voulaient partager le sort des Algériens. Ce n'était pas au flic de gérer. Coffrer les Arabes en cheville avec le FLN, 5 sur 5 mais, là, ces clowns n'étaient pas son lot. Et, surtout, qu'ils lui épargnent leur prêchi-prêcha !

Raté…

– Pourquoi ne contrôlez-vous pas nos identités comme celles de nos frères algériens ?

– Nous allons le faire puisque vous le demandez…

– Votre travail n'est ni agréable ni facile, et nous ne voulons pas le compliquer. Nous sommes là pour pacifier. Pacifier vraiment, c'est-à-dire agir pour la paix. Nous le faisons en travaillant dans ce bidonville.

– Je vous souhaite de réussir. Maintenant, mes hommes vont le fouiller, ce bidonville. Je vous prie ne pas faire obstacle à leur mission…

Tu aurais dû arriver plus tôt, Xavier. Tu aurais vu

l'inspecteur face au type dégoulinant de douceur. Tu aurais vu les enfants reluquer entre les baraques et les femmes les faire rentrer. Tu aurais vu les agents contourner les militants et s'engouffrer dans le labyrinthe, pas plus rassurés que ça. Tu aurais entendu le coup de sifflet et le bruit de lutte. Tu aurais vu les gardiens de la paix sortir d'une cabane un Arabe menotté, les vêtements chiffonnés, le nez cabossé. Tu aurais tout noté. L'Arabe jeté dans une voiture, les deux non-violents qui tentent de le rejoindre, les flics qui les bloquent. La voiture qui embarque le prisonnier, la fouille qui continue, les militants pendus aux basques des agents.

– Au nom de la loi, laissez-nous opérer ! Il y a peut-être d'autres terroristes dans ce gourbi.

– Nous désapprouvons, comme vous le terrorisme. Mais avez-vous mandat d'arrêter qui que ce soit ?

– Écoutez, pourquoi faites-vous entrave à la loi ?

– Pouvez-vous nous montrer votre ordre de mission ?

– Ça suffit, nous obéissons aux ordres…

– Nous, nous obéissons à notre conscience…

Tu aurais écrit un chouette papier, Xavier. Il aurait décrit les mômes dans la boue, les cahutes, les fumées, l'air insalubre, la descente de flics, les Arabes embarqués et l'arrestation d'un insoumis.

Yvon

C'est au bidonville qu'Yvon s'est fait poisser. La police avait contrôlé les identités des militants qui y avaient élu domicile. Étudiants en mal d'idéal, jeunes travailleurs de la JOC[4], empêcheurs de dormir tranquille. Ils se voulaient consciences. Veilleurs et réveilleurs. Solidaires des Algériens aux vilains costards de pauvres. Aux pulls rapiécés, aux épaisseurs de méchant lainage qui n'arrêtaient pas la froidure.

Yvon s'est laissé cueillir. Ses amis ont parlementé. Bien dérisoires. Bien vains. Les flics l'ont embarqué comme on s'acquitte d'une corvée. Dans le car, un agent l'a traité de dégonflé. Son fils, à lui, accomplissait son devoir, là-bas. Il ne s'était pas planqué chez les Ratons. Il les protégeait, même, comme il protégeait les Français des égorgeurs et des poseurs de bombes. Yvon n'a rien répondu. Trop las et le cœur au bord des lèvres à force de cahots.

4 Jeunesse ouvrière chrétienne

On l'a d'abord collé à la Maison départementale. Ancienne prison, hospice des vieux, hôpital, dépôt de mendicité… elle a vu défiler la misère du monde. Ses cellules en conservent l'empreinte. On y cuve un délirium, calme une crise de dinguerie, on y prend son ticket pour l'internement en psychiatrie, l'audience chez le juge qui vous avait interdit de séjour dans le département, le transfert vers une autre cellule dans une vraie prison… L'asile de Nanterre est une salle d'attente bien pisseuse et froide et désespérante. L'avenir est bouché comme les tinettes. Le ciel piqué de chiasses de mouches derrière le verre Securit et les barreaux. Les habitués s'y font une raison, les nouveaux y tremblent. Yvon est de ceux-là. Les agents s'en sont débarrassés. L'armée viendra le récupérer. Un bahut militaire le conduira vers une caserne. Il refusera d'endosser l'uniforme. Ses mots seront polis et ronds comme des galets. Il sera calme mais son cœur battra la chamade. Les gradés auront la mine fermée, sauf un, peut-être, qui lui dira « fais pas ça, petit, tu vas prendre lourd ». Yvon sentira des larmes monter parce que la voix du militaire lui évoquera son père avant les tuyaux et la bonbonne d'oxygène. Devant l'uniforme qu'on lui présente. Il hésitera quelques secondes avant de dire : non.

Le gradé paraîtra désolé. Tant pis. Le rapport consignera le refus d'obéissance et l'insoumission. On informera Yvon de son incarcération avant comparution devant le tribunal permanent des forces armées. Le soir, il dormira dans une geôle de caserne. La couverture kaki douteuse, la paillasse aux relents aigres… Il n'aura plus ni ceinture ni lacets. Il aura froid. On lui apportera une soupe au goût de lavasse, du jambon, des pâtes collantes et une golden farineuse. Le plateau ne contiendra ni couteau ni fourchette. Il mangera tout et son appétit l'étonnera. Après quoi, il s'enroulera du mieux possible dans la couverture. Avant de trouver le sommeil, il s'interrogera longtemps sur la voie qu'il a choisie.

Eaux dormantes

Les murs suintaient. Xavier s'efforçait de ne pas les frôler. La chaleur suffocante, l'humidité sur le ciment. Le couloir semblait transpirer. Des lambeaux de papier peint s'accrochaient encore çà et là. Des motifs toile de Jouy. Un joueur de mandoline et sa belle sous un saule pleureur. Le décor détonnait. L'occupant des lieux avait voulu donner à son intérieur une apparence qu'il pensait cossue. À l'image de ce qu'il avait vu des appartements de la métropole dans un catalogue d'ameublement. Confort moderne, qualité et tradition... On peut lire tant d'histoires sur un lambeau de papier peint. Pourquoi pas celle d'un petit fonctionnaire de l'administration locale ? Un obscur parmi d'autres, les bretelles, le cheveu gominé, l'après-rasage mentholé. Il aurait préféré un décor plus actuel mais sa femme avait insisté pour le classique. La toile de Jouy est une valeur sûre et puis, elle rappelait cette chambre d'hôtel où, pour leur première nuit... Enfin, ce que femme veut...

Xavier ne se souvenait plus de la suite du dicton. Dans son cantonnement, ce que femme veut tenait dans un pantalon de treillis. Les hommes entre eux sont champions. Virilité grasse, honte bue, beuglantes des soirs vinasse et graffitis salaces. Le couloir n'en manque pas. Planque ton cul, fatma, voilà les paras. J'aime les crevettes Bigeard. Vive la classe. Honneur au REP...

Qu'en auraient pensé le petit fonctionnaire et son épouse ? Il y avait si longtemps. Pourquoi avaient-ils quitté l'appartement ? Une mutation ? Un logement dans un autre quartier ? Qu'étaient devenus le bonhomme aux bretelles et sa femme toile de Jouy ? Depuis leur départ, l'abandon, la saleté, le papier peint déchiré. Les graffitis... Xavier ne comprendrait jamais pourquoi les hommes salissent jusqu'aux souvenirs minuscules.

L'armée avait pris possession de l'immeuble promis à la démolition. Deux étages et le rez-de-chaussée au couloir. Pour disposer d'un local plus vaste, on avait abattu le mur séparant l'appartement du logement adjacent. Qui avait habité celui-là ? Un autre couple d'insignifiants Pieds-noirs ? Une vieille femme aux mauvaises jambes dont le frottement des chaussons sur le linoleum faisait peine à entendre ?

Les murs suintants, les lambeaux de papier peint, les sons sourds derrière la porte. Xavier sentait sa sueur dégouliner. Ses rangers résonnaient sur le sol. La porte, au bout du couloir ressemblait à celles des cauchemars d'enfant.

Il a mis son âme dans le couloir, comme un soldat perdu en bataille honteuse refile la tunique et l'havresac aux araignées ignobles…

XV

« Je m'en vais revoir ma blonde/ Je m'en vais revoir ma mie/puisqu'on dit à la ronde/que la guerre est finie… » Sur un juke-box de café, Eddy Constantine balade sa nonchalance. Dans un port d'Algérie, des conscrits rembarquent pour le pays. Leur fourbi empaqueté, une dernière bière au cantonnement, ils abandonnent derrière eux la peur, la mort et leur jeunesse. Trouffions rentrés comme on rentre des bêtes, ils croient le diable resté en rade. Ça ne durera pas. Bientôt, ils l'entendront de nouveau hurler. Comme hurlaient ces femmes violées par les copains de chambrée, les camarades agonisants, les fells torturés…

Pour l'heure, ils retournent à la case départ. Le port de Marseille, le train de bidasses, la caserne, l'uniforme rendu et le livret militaire tamponné. À la maison, ils ne raconteront rien. Trop lourd, trop violent, trop piégeux. Ancien combattant porte-drapeau ? Non merci. Ancien combattant oppresseur ? Tortionnaire ? Allez-vous faire foutre, beaux esprits ! Vous n'avez connu de la guerre que vos mots d'ordre et vos journaux dans les salons. Le silence, seul, est notre refuge. Et l'insomnie notre lot.

Gardez vos jugements. Voyez ce qu'on a fait de nous. Nos fêlures cachées sous la vie reprise, nos âmes rongées, nos mutismes et nos amnésies. Nous avons retrouvé nos gentilles fiancées, nos ateliers, nos champs, nos bureaux, nos salles de classe, nos premiers mai, nos Noëls et nos Pâques. Est venu le temps de l'oubli, des transistors et des surprises-parties, des mariages et des baptêmes. D'autres temps viendront. Nous vieillirons. Laissez-nous.

« Lorsqu'un jeune a vécu le drame de l'Algérie, il a tendance à se taire, uniquement parce qu'il a souffert. Je citerai ce mot d'un aumônier : "Quand on passe huit jours en Afrique française du Nord, on écrit un article – deux mois, un livre – quand on a passé plus d'un an, on la ferme." »
F.D., sous-lieutenant

« Pourquoi nous taisons-nous ? Pour quelques pauvres types dans mon genre, il y a la honte. J'étais du genre libéral, antiraciste, anticolonialiste. Je le suis encore et un peu plus qu'avant. Mais entre-temps, j'ai fait connaissance avec l'imbécillité et j'ai compris que l'on pouvait perdre le sens de l'homme aussi

facilement qu'on appuie sur une gâchette. Il suffit d'avoir peur. Il suffit simplement d'avoir un uniforme sur le dos, une mitraillette au poing. Il suffit d'être du côté de la force, du bon droit, de la bonne conscience.»
J-P.B., sergent, viticulteur

Jour sombre. Pourquoi Xavier s'est-il attelé à ces lettres de soldats? À croire qu'une part de lui en Algérie l'attirait. Au bord d'une falaise, on l'est par le vide. Françoise n'a pas oublié Pierrick, le fils Kouénan. Heureux de rentrer au pays, après seize mois de bled. La petite sœur aux sourires bonbon qui lui apportait sa poupée, les parents la larmichette à l'œil. Ah! Notre grand est revenu. Tu n'aurais pas maigri? Ils vous donnaient assez à manger? Les phrases banales qui entortillent l'amour comme le papier de soie une sucrerie. Les choses du cœur ne se disent pas. On les fait confitures, belles tartines ou bol de lait. Tiens, celui de la Noiraude qui a vêlé trois jours plus tôt. Un beau petit, bien résolu à téter tout chancelant sur ses pattes. La petite sœur accrochée au Pierrick, «viens voir le veau, viens voir…». Et lui, le sac posé. Son bras sur les épaules de sa mère qui lui tenait la taille, même qu'on aurait dit deux amoureux. Le père avait dit ça «deux amoureux» et il était fier, il ne se l'expliquait pas, mais il était fier. Heureux et fier.

Elle se souvient, Françoise. Pierrick démobilisé, les Kouénan avaient invité les amis, les voisins. Les tréteaux, les planches nappées de draps, les assiettes du dimanche, les verres pour l'eau, ceux pour le vin et les mignards pour la rincette. Comme une grande table de noces. Celles de Pierrick et de la vie revenue. Lui, attendri par tant d'attentions, de tapes dans le dos et de godets levés. Gêné, aussi, d'être au centre du monde, embarrassé par toutes les questions qu'on lui posait. Elles étaient affection plus que curiosité mais c'étaient des questions, tout de même. Il n'avait pas envie d'y répondre. Et les blagues, un peu lourdes, innocentes au fond, ne l'amusaient pas. Il se sentait séparé d'eux, ça les décevait et il s'en voulait.

À l'aube, les invités partis, il était resté dans le champ désert. La banderole accrochée à la grange lui souhaitait un joyeux retour. Les lampions éteints, l'herbe perlée de rosée. Tout était calme. Enfin. Son père l'avait trouvé fumant en silence. « Déjà debout ? Le ciel est beau, hein ? Ah, il t'a manqué, le ciel de chez nous… »

Pierrick lui avait offert une cigarette et ils avaient contemplé l'aurore sans plus parler. Émus d'être ensemble. Trois mois plus tard, dans la grange, Pierrick s'était pendu.

Yvon

Sur l'écran, il y a Louis de Funès, Mireille Darc, Maurice Biraud, Francis Blanche, Michel Serrault… Et un cadavre dans un étui à contrebasse. Vivant, on le surnommait Pommes-chips. Un fortiche comme il en navigue de comptoir en PMU. Les poches pleines de combines, de tuyaux, de bons coups. Un mariole que les plans en or ont conduit au trépas des paumés. Pommes-chips est encombrant. Il est aussi très demandé. Il emporte *de profundis* le ticket gagnant à Auteuil. C'est le lot des marioles de se faire repasser un jour de chance… Le film s'intitule *Des pissenlits par la racine*. Une parodie tordante des films de gangsters. Il est tiré d'un roman d'Alexandre Valetti, dit Clarence Weff sur les couvertures de la Série noire. Un de ces gars qui battaient la semelle d'un boulot l'autre, de vendeur à croquemort, avant de gratter pour l'écurie Duhamel au sous-sol de la maison Gallimard.

Derrière la caméra, Georges Lautner. Du champ et du contrechamp, des répliques aux petits oignons et l'efficacité en noir et blanc des plaisantins qui en remontreraient à beaucoup.

Dans son fauteuil du Central, Yvon s'en paie une tranche. Le rire, enfin, après la prison. Il a tout de même tiré deux ans. Et quand il n'y croyait plus : l'amnistie. De Gaulle l'a décrétée après avoir plié devant un vieil homme en grève de la faim. Louis Lecoin, 74 ans. Vingt-deux jours sans s'alimenter, la tête dure sous son béret, des soutiens plein les manches. Vingt-deux jours et de Gaulle cède : « Il ne faut pas que Lecoin meure. » Parce qu'il serait allé jusque-là, le vieil entêté. Douze ans de cabane au compteur pour propagande antimilitariste en 1913, insoumission en 1917, refus de porter les armes en 1939, et le voilà qui repart en guerre. Le Général pense qu'il fait chier, mais il s'incline. Ses ministres cathos sociaux du MRP[5] en pincent pour Lecoin. Il est pourtant sans Dieu ni maître, celui-là ! Le Général songe qu'il aura tout vu mais il n'a pas besoin d'un vieux cadavre sur les bras. Les objecteurs de conscience auront un statut, et qu'on donne une permission à ceux qui croupissent en prison.

5 Mouvement républicain populaire (1944-1967), parti démocrate-chrétien, centriste et pro-européen.

Yvon, sur le trottoir, sa valise à la main. Paris sent bon le bitume et les marronniers. Dans la brasserie, le percolateur, les œufs durs sur le comptoir, le garçon derrière le zinc et son torchon sur l'épaule. « Pour monsieur, qu'est-ce que ce sera ? » Commander un café crème, en savourer d'avance l'arôme. Oublier la lavasse de la pénitentiaire. Le goût de la prison est rinçure…

– Un crème, s'il vous plaît.

Sur le comptoir, la corbeille à croissants. En prendre un, s'en graisser les doigts et mâcher son fondant… La liberté est un zinc de boulevard.

Dehors, les autos, les bus à plate-forme, les piétons sur les trottoirs, les feux rouges et les croix vertes des pharmacies. Les bouches de métro et les passages cloutés.

Yvon a emprunté l'avenue. Les plaques bleues des rues, Gobelin, Italie, le kiosque à journaux et le cinéma. La caissière choucroutée dans sa guérite vitrée, le ticket, le hall et ses photos de vedettes, l'ouvreuse, les fauteuils de velours et le rideau rouge. Les réclames, Jean Mineur, Balzac 00 01, les actualités. Des images d'Alger, mensongères. À l'entracte, les esquimaux Gervais et les bonbons Kréma dans la corbeille de l'ouvreuse. Le plaisir de l'attente, la salle qui s'éteint et les grains de poussière qui dansent dans la lumière du projecteur.

Des pissenlits par la racine. Des malfrats pour rire et soudain une affiche : Sauvez Lecoin. Yvon pense à un hasard de tournage. Dans cette scène, la caméra balayait une colonne Morris. Mais quelques séquences plus tard, dans la loge de Serrault, le contrebassiste du film, une deuxième affiche. Identique : Sauvez Lecoin.

La lumière s'est rallumée. Le bruit des fauteuils qui se replient, la moquette élimée, les spectateurs se dirigent vers la sortie, les sourires s'attardent. On s'est bien amusé. Quels marrants, ces acteurs !

Quelque part, dans une rue de Paris, Louis Lecoin goûte au repos mérité. Sa santé déglinguée par un jeûne de 22 jours. Soixante-quatorze ans. Sans doute ignore-t-il qu'un metteur en scène de polars rigolos vient de lui donner un coup de chapeau sur grand écran.

Lecoin ! La nouvelle de sa grève de la faim avait franchi tous les murs. Un vieux type au passé remuant ne s'alimentait plus en soutien aux emmurés qui refusaient l'uniforme. Témoins de Jéhovah ou réfractaires au drapeau noir, il s'était mis dans sa fichue caboche de bourrique anarchiste de les sortir tous du trou. Et de leur donner un statut évitant la conscription. Il en existait ailleurs. Et la France resterait toujours en retard d'une paix comme elle l'avait été d'une guerre ?

Lecoin avait lancé sa campagne en 1958, créé un

journal, multiplié les démarches, engrangé des appuis… Sur la brèche depuis sa jeunesse, il forgeait le respect. Camus, Giono, Bernard Buffet, Lanza del Vasto, l'abbé Pierre, le pasteur Roser, Jean Cocteau, André Breton… Son comité de soutien avait de la gueule et de sacrées plumes.

1959, de Gaulle lui fait savoir que les objecteurs auront un statut. Patatras, en Algérie, les militaires sentent poindre l'indépendance. Négatif ! Le Général va les blouser, leur ordonner de plier bagage. Ils donnent de la voix et du képi. Pas la peine d'en rajouter avec une histoire d'objecteurs. Patientez, Lecoin, patientez…

1962, la guerre finie. Toujours rien. Le 1er juin, Lecoin regarde une dernière fois dans le frigo. Les légumes, le fromage, le pâté de campagne… Il n'y touchera plus. Il referme la porte du réfrigérateur, il vient de commencer sa grève de la faim. Nul futur ne devra plus accoucher d'une génération du djebel. Parmi les bouquins qui s'entassent chez le vieil anar, celui de Xavier a paru deux mois plus tôt.

Imprimé par les éditions du Cerf sur les presses d'Aubin Ligugé en avril 1962, il a été publié dans la collection *Tout le monde en parle*. Elle « voudrait, à propos d'un fait d'actualité et en le situant dans son contexte humain, réfléchir aux questions plus vastes qu'il pose à une conscience chrétienne », rappelle la quatrième de couverture. La ligne éditoriale s'est révélée élastique, à côté d'ouvrages analysant *Les fascismes dans l'histoire* ou questionnant le présent (*La nouvelle vague croit-elle en Dieu?*), figurent *Le cas Françoise Sagan*, *Camus le juste*, *Georges Brassens et la poésie quotidienne de la chanson*... Georges Hourdin et Xavier Grall en sont des contributeurs. Grall y a publié *James Dean et notre jeunesse* ainsi que son *Mauriac Journaliste*.

Petit format, prix de vente « 4,50 nouveaux francs », la collection se veut populaire, abordable par tout un chacun. On l'imagine en bonne place dans la bibliothèque d'un foyer catholique ouvert à son temps et à Vatican II.

La génération du djebel compte 126 pages. Sa couverture montre, sur fond rouge, un soldat français, les mains croisées sur un sac qu'il tient contre lui. Musette ou parachute ventral ? Sous le casque on ne distingue de son profil qu'une moue grave. On l'imagine fatigué, son regard qu'on ne voit pas doit être vide ou lointain. Bientôt, sur ordre, il sautera d'un camion ou d'un hélicoptère en rase-motte et cavalera, courbé, l'arme en mains, vers une mechta suspecte. Il y aura des cris, des rafales, des explosions. Il y aura le bêlement des chèvres affolées, des pleurs d'enfants, les plaintes d'hommes blessés… Quand le calme reviendra, le soldat observera sans comprendre le tremblement de ses mains. Après, bien après le retour au camp, les bières sifflées, les vannes avec les camarades, viendra la nuit. Son silence sera déchiré par un vacarme intérieur qui résonnera jusque dans le sommeil.

Le lendemain, sur la table graffitée du foyer militaire, le soldat écrira sa lettre à Xavier :

« *Quand on a vu les copains tomber à ses côtés, il y a un instinct sauvage d'autodéfense et d'agressivité qui se déchaîne et l'on s'acharne sur tout ce qui est musulman… On tue pour tuer.* »

Où est-il à présent ? Sa génération est rentrée au pays. Désormais, la mer sera frontière, ciao l'Algérie ! Ah ! Les adresses échangées, les promesses de revoyure… On est frères d'armes, les mêmes comédies, les mêmes fanfaronnades. Vive la quille ! Démobilisés. Enfin ! On retrouve la famille, les petites chéries, le bureau, l'atelier ou les champs. Et les jours qu'on ne voyait pas si monotones…

Les lettres dans le livre jauniront comme dans une boîte à souvenirs. Le sang sèchera. Les bidasses ne parleront plus. Personne ne parlera plus. Le rideau est tombé. Ne rien dire de ce qui tache, taire ce qui fâche… De Gaulle a suffisamment de soucis avec les Pieds-noirs et l'armée secrète. OAS, trois lettres peinturlurées sur des murs plastiqués, trois balles sur sa voiture au Petit-Clamart, trois étoiles aux képis des généraux rebelles. Remettre de l'ordre dans le bordel, ne pas en rajouter et tourner la page.

Tu rages, Xavier. Elle ne vaut pas cher, la jeunesse volée. On accroche à la honte, médailles et fourragères ? Tu les arraches dans un cri :
Ah ! Les ratons disloqués et les sexes foudroyés à l'électricité. Et si demain quelque tribunal d'Alger se rappelait soudain le tribunal de Nuremberg, et si on allait mettre la nation française au banc des accusés ? Savez-vous ce qu'est une « tête en chou-fleur » ? Et dans la baie d'Alger errent des corps et des corps. Après les interrogatoires, ils étaient tellement abîmés que des GMC[6] *venaient les déverser dans la mer, à l'aube. La mer elle-même est souillée en Algérie.*

Tant de choses vues, tant de choses faites… Combien les revivront, dans leur solitude ? Certains s'accrocheront à des manèges d'anciens combattants. Méchoui des déjà vétérans, calots sur les crânes qui se dégarnissent, ceinturons desserrés sur des ventres grossis. Rires forcés à l'évocation de leurs vingt ans et montées de bile à l'idée qu'ils les ont perdus. Plus d'un deviendra aigri, mauvais, déchargeant sa hargne au boxing club ou dans

6 Camions militaires (conçus par la General Motors Company)

le sexe d'une putain. La plupart tiendront leurs démons en laisse, muselière sur la gueule. Ils les boucleront dans un réduit noir de leur tête dont ils jetteront la clé et la vie continuera. Ceux-là ne fleuriront pas les monuments aux morts.

Tous reprendront le cours de l'existence, mais en dedans qui pourra dire ?

XVII

– Xavier, tu es dans le noir ?
– Hein ?
– Tu n'allumes pas ? Il fait nuit…
– Déjà ?
– Il est six heures…
– La nuit tombe tôt, ici…
– Ici… À Sarcelles ? Tu étais où, dans la pénombre ?

Sur Xavier, la main de Françoise, posée comme un oiseau. Elle sent, à travers le pull marine, les os sous la peau. Françoise tambouille, pourtant, mais rien n'a de prise sur son efflanqué. Sitôt avalée, la nourriture se consume dans la grande chaudière de son corps.

Françoise sait vers quel horizon volait son échassier quand elle est entrée. Une terre de sable et de roches, terre de pistes, de villes blanches et de lauriers roses, de casbah et de villas maritimes, de vignes et d'oliviers. Une terre de soleil où l'horreur s'est abattue. Parachutée, surgie des GMC, défonçant des portes, fouillant, abattant, violant… L'horreur-gangrène, l'horreur-peste de Camus. L'horreur réponse à l'horreur. Les couteaux, les gorges tranchées, les bombes. L'horreur légitimée. Les caves, les baignoires, les coups, les fils électriques et tout ce que l'homme a imaginé dans l'absolution de sa saloperie.

La génération du djebel publiée n'a rien purgé du mal. Xavier rit, aime, joue, chante mais la fêlure, mais l'indicible…

Il y eut ce pendu d'*Africa Blues*, son premier roman, paru presque en même temps que *La génération du djebel* et lui aussi pétri d'Algérie. Ce pendu aux branches d'un arbre, comme les corps noirs chantés par Billie Holiday. Dès sa première phrase, le manuscrit avait glacé Françoise :

« *Quand Véronique vit, au grand noyer de la cour, un Arabe pendu par les pieds, strictement immobile, avec ses feuilles rêches qui caressaient ses joues livides, quand elle vit le cadavre que le soleil d'Algérie léchait avec tous ses roseaux dorés, quand elle vit les jambes toutes droites, strangulées avec les veines qui saillaient comme des raisins noirs autour des ceps, quand elle devina plutôt qu'elle n'entendit le bourdonnement des mouches bleues autour des orbites, la chanson mortuaire et dégoûtante des mouches qui pompaient l'eau des yeux ouverts, quand elle vit ses deux mains qui raclaient la terre au bout des bras et que la gloire du soleil était figée sur le pendu, elle sentit monter en elle le flot d'une crainte ancienne, ou plutôt le flot d'une terreur profonde, tenace, aussi âgée qu'elle-même, une terreur qui la poursuivait depuis l'enfance et qui remontait à la surface de sa conscience certains soirs...* »

– Ce petit con, il n'y est pas allé, lui...

– Hein ? De qui parles-tu Xavier ?

– Yvon, tu sais bien, le môme que j'ai rencontré à Trégunc. Il a refusé de partir...

– Et ?

– Pourquoi n'ai-je pas fait comme lui ?

– Nous en avons déjà parlé. Une pareille décision ne se prend pas seul. Et puis, crois-tu que son geste ait changé quoi que ce soit ?

– En tout cas, il a refusé ce que nous aurions dû tous refuser.

– Tu penses encore à lui ?

– Il m'a écrit. Il a lu *La génération du djebel* et il m'a écrit à *La Vie catholique*. Il est au Maroc, à El Kbab.

El Kbab. Escarpement, collines et piton rocheux. Forêt de chênes sur cahots de pierres. En 1928, un saint s'y était installé. La croix cousue sur sa défroque, ses sandales, sa barbe d'anachorète. Albert Peyriguère, fichu fou du Christ. Il se voulait ermite. Oraison, veilleuse allumée, la solitude face à Dieu... La rencontre des Berbères en avait décidé autrement. Qui lui avait amené le premier enfant malade ? Une mère aux mains tatouées ? Un berger méfiant ? Un montagnard rebelle ? Bien d'autres avaient suivi, descendant des montagnes, cheminant sur les pistes. Peyriguère, son humanité, son savoir d'infirmier, son livre de médecine… Emplâtres et antibiotiques, pommades et asepsie dans ce pays où les fièvres rasaient l'eau et où l'infection mordait la moindre blessure. Peyriguère, ses mains noueuses sur les plaies, sur les membres démis, les corps fébriles. Le Roumi était devenu le marabout. Sa masure de torchis, basse comme une tanière s'était changée en dispensaire. Les arbres autour de l'infirmerie qu'il avait bâtie prenaient des airs de miracles. Figuiers, pommiers, orangers, leurs branches entrelacées. Et la treille sur un mur, pour le vin du Seigneur.

Trente ans de pistes, de prières et de soins donnés. Grande gueule. Pas le genre à taire les vérités qui fâchent les autorités coloniales. Et nom de Dieu, ce fichu ensoutané laissait cois préfets et galonnés ! Vieux bouc des douars. Devenu moitié berbère. « *Lorsque l'on me prend pour l'un d'eux, je constate que tous les Français s'écartent de moi comme d'un pestiféré, comme de quelqu'un qui sent mauvais, qui va passer des petites bêtes… Et je vous assure que, lorsque je me sens entouré de ce mépris, je me dis que si j'étais Marocain, je haïrais les Français !* » Le parler net et la couenne dure. Capable de tenir tête aux éléments. Adoré des bergers, des culs-terreux et des nomades en dissidence. La théière sur la braise, l'outre d'eau fraternelle, la seringue prête, les manches retroussées, les avant-bras savonnés… Pas en peine pour percer un bubon, soigner les yeux crouteux, calmer une mauvaise fièvre. Typhoïde, variole, palu… Des malades, il en vient de partout. Cinquante kilomètres, parfois, à dos d'âne, à pied ou brancardés comme ceux qu'on amenait à Jésus, à Capharnaüm. Le marabout a le don. La baraka. Il soigne, il soigne, souvent sans manger, jamais sans prier. Il parcourt les douars, à cheval, y apporte ce qu'il peut. Et qu'importe si les blessures qu'il panse trahissent des combats livrés contre les forces françaises. Sacré vieux cinglé. Pas plus que Charles de Foucauld, il n'avait converti un seul musulman. Le dieu des chrétiens n'était décidément pas le leur. Il en éprouvait du regret, parfois, devant la chapelle où lui seul priait, mais vite, le haussement d'épaules. Quoi, il n'était pas venu en croisé. Sa présence et son amour des hommes témoignaient. Du grain semé sortirait bien un épi, qu'importe après tout à quel soleil il mûrirait.

Avant Yvon, Xavier avait poussé la porte du « trou de chacal » comme Peyriguère surnommait son bureau.

Le marabout était mort, déjà, porté en terre par les hommes des montagnes, mais Xavier, envoyé par *La Vie*, retrouvait le Maghreb.
Sables, sables, hammadas, méharées… ô mes océans !

Peyriguère disparu, ni l'ermitage ni le dispensaire n'avaient fermé leurs portes. Un autre père du désert les gardait ouvertes.

La lettre d'Yvon a tout fait resurgir dans le bureau de Xavier. Au matin, charriée par le sirocco, une poussière de sable jaune recouvrait les trottoirs de Sarcelles.

XVIII

Le sable, sur l'appui de la fenêtre, le thermos sur la table, la cigarette – vous fumez trop, Xavier, lui serine Georges Hourdin – en bas la radio en sourdine et Françoise qui chantonne. Bientôt, les filles au réveil tartines. La vie est là, le noir des idées a fichu le camp dans le matin des cheminées, des autobus et des hommes marchant vers le travail. Le chagrin… On surnomme ainsi le boulot quand il vous encaserne, vous menotte à la chaîne comme Chaplin dans *Les Temps modernes*. Ah ! Celui-là, quel type ! Il dit l'injustice et la misère humaine sans cesser de faire rire. Il venge tous les traîne-lattes, les migrants, les broyés du système. Son pantalon troué, son chapeau melon lustré par le temps, ses tatanes usées au goudron des routes et aux pavés des rues… Le chagrin, mon vieux Charlot, tu en tailles une tranche de rire bonne comme une tranche de pain. La vie palpite dans tes bobines, pareille à cette matinée, dans les rues de Sarcelles étonnées par ce sable tombé du ciel.

« Je pense souvent à vous, votre terre, votre Soleil de là-bas », écrit Xavier au père Michel Lafon, le continuateur de Peyriguère. Leur foi commune n'a pas la noirceur des soutanes, la bonne nouvelle est joie, le souffle est sirocco, avec le sable, il charrie le sourire du Christ. Le Jésus des tavernes, des fêtes et des noces. Le Fils attablé parmi les pêcheurs, les impures et les relégués, celui qui leur donnait le pain et les poissons sur les berges du lac, le vin à Cana, la guérison en chemin. Celui qui laissait des femmes parfumer sa chevelure et laver ses pieds. Jésus qui n'aurait pas refusé le tabac gris des marins et des ouvriers.

Xavier laisse s'éteindre son mégot dans le cendrier. *« Je n'aime pas les attristés, les mélancoliques, les complexés du christianisme. Des bigots aux cafards de l'Église, il n'y a pas tellement loin. Je suis encore étonné aujourd'hui par l'immense tristesse qui suinte des églises dites modernes… La tristesse n'est pas chrétienne, voilà ce que je crois. »*

Les filles sont entrées dans le bureau comme une bourrasque. Pyjamas et doudous, l'école attendra, c'est jeudi.

Xavier gros yeux.

– Holà, on dérange l'ogre quand il travaille ? Pain d'épice et colère noire, je vais vous enfermer dans une histoire !

Elles piaillent de bonheur.

– Maléfices et pâtissoire, je vous croquerai avant ce soir…

Elles cavalent autour de la pièce. Lutins mutins. Des rigolades et des cris de frayeur heureux. Xavier les attrape. Les plaque contre ses jambes, les serre entre ses bras.

– Ogre, ogre, sois gentil…

– Et que me donnez-vous si je le suis ?

– Des crêpes au miel et du candi…

– Quoi ? Des crêpes ? Votre mère a fait des crêpes et vous ne me disiez rien ?

La tempête descend l'escalier, elle a dix bras, dix jambes et un solide appétit.

XIX

Jour de puces. Au marché de Saint-Ouen, Xavier est traîne-patins. La clope au bec, la paupière mi-close sous la fumée, il chine. Les objets aux étals sont des éclats de mémoire. À qui appartenait l'accordéon désaccordé ? Quel marin en cale sèche l'a vendu contre un billet froissé ? D'où sort le bol ébréché, faïence de Quimper au prénom peint en bleu d'usine ? Quelle noce a fait jouer le gramophone aux disques de cire ? Quel purotin a tiré trois pièces des ustensiles qu'un plus déchard encore va marchander ? Panier à salade, casier à bouteilles, cuvettes, lessiveuses piquées de rouille, clés à molette, canes et lunettes à double foyer. Quelle heure marque la montre arrêtée ? Celle d'une séparation ? D'un revers de fortune ? Et l'appareil photographique. La pellicule qu'il renferme garde-t-elle l'image d'un enfant heureux, d'une grand-mère en sabots, d'amoureux disparus ou d'un soldat mort ?

Rue des Rosiers, le pavé est manouche. Cannage de

chaises, tressage de jonc, meule à couteaux, casseroles à rétamer.

Chez Marcel, le vin est étoilé. En pause repas, les ouvriers des usines Chaix charrient des fumets d'encre et de presse à imprimer.

Un marchand de tapis ambulant, carpette à l'épaule, chéchia sur la tête, sonne aux portes. Vieux, las, il fait l'article pour la forme. Ils sont beaux, les tapis, il dit. Premier choix. Et qualité. Faits à la main, touche les tissus. Regarde les nœuds derrière. Beaucoup de nœuds. Solides, tu peux marcher cent fois, mille fois, sur le tapis. Tu as des enfants ? Ils peuvent jouer dessus. Chaude, la laine. Bon pour les pieds, bon pour la santé.

Avant la guerre, on lui offrait parfois un café. À présent, du mon z'ami plane dans l'air. Il sait. Il n'insiste pas. Il aurait aimé raconter… Vingt ans plus tôt, il combattait les Allemands. Infanterie coloniale. La France, liberté, grand pays. Il a des médailles. Il aurait aimé raconter mais il sera toujours un mon z'ami. L'Algérie, n'est même plus pour lui. Il n'y retournera pas. Celle qui naîtra de d'indépendance ? Il y est étranger. Il est étranger où qu'il aille.

Xavier et lui se sont croisés. À l'Arabe s'est superposée l'image de Bécassine et des Bretons chapeaux ronds. Même mépris d'un même État. Colonisés de l'intérieur, les Bretons, passés sous la toise tricolore. Moqués, sous-administrés, sous-développés… Des grands mots? Xavier s'en accommode. Au pays de l'homme aux tapis, il a vu de quoi la France est capable quand elle se gorge d'elle-même comme une éponge de vin sur.

Le vieux esquissait un geste vers la carpette sur son épaule. Xavier a souri.

– Laisse, je n'ai pas besoin de tapis. J'ai besoin d'un jus. Pas toi? Je t'invite

L'autre jaugeait Xavier comme on évalue un cheval. Maigre, les joues creuses, un canasson rompu au coup de sabot… mais le regard et le sourire… Ils sont entrés dans le bistrot. Les conversations se sont tues. D'où viennent ces deux-là? Le vieux à chéchia est silhouette familière mais le grand, sa gueule en lame de couteau, ses cheveux corbeau. Arabe, aussi?

Xavier a commandé deux cafés. Aux murs, des réclames Pernod fils, Négrita, Viandox. Le percolateur a craché sa vapeur et les conversations ont repris.

L'arôme du moka, les exhalaisons de cuisine, la fumée des cigarettes… L'Arabe a sorti une boîte en fer-blanc. Tabac à priser.

– Tiens

– Merci, vieux, j'ai essayé là-bas, mais je n'y ai gagné qu'une crise d'éternuements.

– Là-bas ?

– Au Maroc, en Algérie.

– Ah ! Et ton là-bas, à toi, il est où ?

Xavier a posé la main sur sa poitrine, côté cœur :

– Là

– On est du même pays, alors…

XX

Les Puces sont le marché des deux bouts qu'on ne joint pas. Les semaines sont dures, et longue l'enfilade des jours nouilles à l'eau. *La Vie catholique* ne nourrit plus son homme. Imprévisible, écorché, entier, velléitaire à ses heures, Xavier pourrait allonger la liste de ses penchants. Ils ont fini par user Hourdin. Le Vieux voyait en lui un successeur mais le poulain était trop nerveux, vite cabré, ruant dans le moindre brancard… Xavier n'avait que des angles, des lignes brisées, aucune rondeur. « Un rédacteur en chef ne peut pas se conduire ainsi. Vous vous braquez trop de monde. Une équipe a besoin d'un fédérateur, vous êtes tout le contraire. Ah ! Xavier, j'avais tant misé sur vous… Et puis, je n'ai pas manqué de vous mettre en garde, vos démons, mon ami, vos démons… L'alcool exacerbe les travers et vous le fréquentez trop… »

Xavier aurait pu prononcer chaque mot du Vieux. Mais quoi, s'il secouait son entourage, au journal, c'était pour lui fouetter les sangs. Trop d'habitudes, trop de routine, des tics de vieux garçons. Il fallait voir neuf, écrire comme on galope, chasser la poussière, bousculer ! S'il arrivait à Xavier d'avoir la main lourde sur l'alcool, c'était pour doper son énergie. Dieu sait qu'il en fallait. Combien de fois Xavier avait-il senti une boule au ventre à la pensée d'affronter les autres rédacteurs ? Le doute le rongeait, de savoir s'y prendre.

Hourdin ne l'a pas congédié, mais il n'aura plus d'autre responsabilité que l'écriture de piges. Vaches maigres. Au moins elles seront de race bretonne : Pie Noir. Endurantes et rustiques, rompues aux sols pauvres. Mangent moins. Tiennent le coup. Résistent aux pluies, aux vents, au soleil. Aptes à vivre dehors en toute saison. L'étable, bien sûr, sa moiteur, sa litière apaisante, son fourrage… Mais les champs, même de maigres pâtures, l'arbre fragile abri, le mufle narguant l'intempérie… Ça tiendra. Rumine, Pie Noir, ça tiendra. Vaches maigres, nous ferons aller. En route pour le trimard de la plume. Sonnettes tirées, tiens ta langue, Xavier, noue un foulard à ton col, laisse le gueuloir aux romans…

« Vous m'affolez, Xavier, vous êtes un volcan… Vous avez des gosses, ne faut-il pas un peu étouffer votre colère ? Mettre du velours sur vos épines ? » Au Seuil, Serge Montigny ferme sa porte ! Il n'est pourtant pas un éditeur timoré. Chez Calmann-Lévy, Alain Bosquet refuse son nouveau roman « Je suis consterné… Vous avez écrit ce livre trop vite… » Encore un qui me lâche… Vitesse ? Lui non plus ne comprend rien. Il s'agit bien de vitesse ! J'écris musique, moi. Jazz et gwerz, trad et free… Merde !

Tire la bobinette et la chevillette cherra. Tu parles si elle choit ! Celle de *Ouest-France*, oui, c'est vrai, elle a chu. Le temps de se poser et hop ! Dehors ! Chroniqueur de politique intérieure… Toujours mieux que rien. La marmite bouillait de nouveau. Mais quelle chierie, la Chambre ! Les séances dodos, les clameurs de théâtre, les commissions passez-donc-après-vous-je-vous-en-prie… Les élus zélés, zoiseaux sans ailes, rognées de trop frotter les dorures. Il faut les voir se croire albatros mais le cul trop lourd pour décoller. Me taire, je veux bien me taire, moi, mais les mots, à ne jamais sortir, se mettent en boule. Ils vous étoufferaient si on n'en libérait pas quelques-uns ! Écrire terne, policé, gentillet… Cinq minutes, oui, je connais les usages et il en faut, je ne le nie pas. Mais une vie le bec cloué, merci ! Il aura suffi d'un verre ! Un tout petit whisky – de trop, paraît-il – au bar de l'Assemblée… Adieu *Ouest-France* ! Cabale ! Tous contre Grall la grande gueule.

« On s'arrangera… » Françoise, son sourire navré, son absence de reproche… Il ne la mérite pas. Tu es trop con,

Xavier, sale môme casseur de rêves, égoïste enfant roi d'un château à courants d'air. « On s'arrangera… » Poêle éteint et coquillettes ? Les chaussettes seront reprisées, les pulls raccommodés, cette année encore on ne changera pas les manteaux. Pour les filles, les ourlets descendus feront la rue Michel et « après tout le mien est encore très bien ».

Tu es trop con, Xavier. La bohème vaut pour les romans à deux sous. S'assoir à sa table est autre chose. Elle est froidure et bas morceaux.

Ceinture serrée, Xavier a frappé chez Mauriac. Le maître a porte ouverte à *L'Express*, il ne sera pas avare d'une recommandation… L'affront ! Vieux beau tiré à quatre épingles, il a sorti son carnet de chèques ! J'en suis là, moi ? La manche ? À votre bon cœur ? Quelle méprise ! C'est donc ça Mauriac ? Un petit marquis ? La vacherie à fleur de stylo était sécheresse de cœur ? L'élégance une fatuité ? J'ai honte pour vous, Mauriac. Je vous tire ma révérence, vieillard racorni qui reluisez de votre propre estime.

Yvon

Cher Xavier

Je sors de votre *Africa Blues*... Le Père Michel Lafon m'a prêté l'exemplaire que vous lui aviez envoyé. Je l'ai dévoré. Vous y avez tout mis du Maghreb et de la folie de la guerre. J'ignore l'accueil qui lui est réservé en France mais quel choc à sa lecture ! Votre livre sonne comme une musique. Blues, oui. Jazz. J'ai été tenté de le lire à voix haute ainsi que font les poètes américains accompagnés par la plainte d'un saxophone. Mais nous n'avons pas cet instrument à El Kbab et c'est heureux car je suis lecteur trop timide pour me livrer à l'exercice. Il me faudrait apprendre vos mots comme on s'imprègne d'une partition, or votre blues d'Afrique mérite qu'on s'y jette à vif. Sans l'avoir trop répété.

Merci, Xavier. J'ai vu que vous aviez repris votre collaboration à *La Vie catholique*. Le journal nous parvient avec retard mais il nous parvient. C'est donc désormais sous forme de chroniques que vous y écrivez ? Les billets du Logeco… Le Père Lafon m'a confié que sous la signature d'Olivier il fallait lire la vôtre. C'est une cachette heureuse, pareille à celle d'enfants qui jouent. La mienne l'aura moins été. L'amnistie fut de courte durée. L'ardoise de l'insoumission effacée, il m'aurait fallu de nouveau répondre à l'incorporation car le statut d'objecteur de conscience promis par De Gaulle se fait attendre, à tel point que Louis Lecoin menace de recommencer sa grève de la faim. Je n'ai pas eu le courage d'affronter l'armée une deuxième fois à visage découvert. Lecoin n'avait pas tort de nous mettre en garde sur les conséquences d'actions par trop héroïques. Il connait la prison, lui qui y a usé douze ans de sa vie pour avoir refusé les guerres. La fuite m'a paru plus positive à condition de la mettre à profit pour servir la paix. C'est ce que je fais à El Kbab, là où œuvrait notre bien aimé Peyriguère. Nul ici ne l'a oublié. Son nom ouvre le cœur de chaque villageois. Ah ! Comme vous l'avez bien représenté dans votre roman à travers la figure du Père Morel. Votre « Christ en djellaba », c'est lui. C'est tout à fait lui. Le Père Lafon a repris le flambeau avec la même foi et le même amour des hommes. Je le seconde comme je peux. Caché comme vous derrière un nom d'emprunt. J'ai choisi celui de Daru, l'instituteur qui, dans *L'Exil et le royaume*, de Camus, libère le prisonnier

Algérien soupçonné de terrorisme qu'il avait en garde, et le laisse choisir sa destinée.

Tandis que je vous écris, les premiers malades arrivent à notre « dispensaire ». Je vais devoir vous laisser. J'ai déjà été trop bavard et ne veux pas vous importuner. Je sais que le temps d'un écrivain est précieux et que l'inspiration, fragile, peut s'envoler à la moindre distraction. Un dernier mot cependant. À travers votre livre, j'ai entrevu la fêlure que j'avais perçue lors de notre rencontre à Trégunc. Peut-être un jour m'en confierez-vous la nature.

L'Algérie nous rapproche, Xavier. Nous sommes liés par ses fils.

Yvon

XXI

Petit con ! Ah ! Il a sauté le pas, celui-là. Il marche dans les traces que j'aurais pu suivre si j'avais eu… Quoi, son courage ? Le mot écorche les lèvres. Pourtant, selon l'étymologie, il vient de cœur, force d'âme devant le danger. Du cœur j'en ai, moi. Et il n'est pas sec. Une vraie tourbière. Mais comme le chante ce Nougaro qu'on entend en ce moment à la radio, « j'ai du cœur mais pas d'estomac… » L'armée l'a retourné, mon estomac. Une école de paresse, de laideur et d'abrutissement. Retourné à en vomir ses tripes. Vinasse et bêtise. Tout ça vous revient en remontées acides. Des aigreurs qui rongent vos boyaux. Au Maroc, « ils » m'avaient donné un avant-goût. En Algérie, « ils » ont ajouté l'immonde. Tous ces mômes dégrossis au FM et au bordel. La peur dans le froc les nuits de garde, la peur en patrouille, la peur des embuscades. Les copains égorgés. Et, en retour, les villageois abattus, les femmes souillées, réduites à recevoir la rage en décharge et la haine en giclées. La honte en gueule de bois chassée au revenez-y de Sidi Brahim. Et ce qu'on ne dira jamais des corps torturés, des chairs, des faces éclatées à coups de poing, des gueulements, de la vision d'instruments où sèchent peau et sang noir, des cordes et des chaînes, des baignoires et des dynamos. Mettre un pied là-dedans, c'était foutu. L'autre suivait, automatique. Se cogner la tête contre les murs ? S'ouvrir la main ? Se tirer une balle ? Déserter ? Non, on encaissait, comme en état second, en hypnose. La perte de soi-même. Irrésistiblement, le pied droit suivait le gauche. Une-deux, la marche à l'anéantissement.

Petit con ! Il a sauté le pas. Que Dieu le garde.

Que Dieu te garde, Yvon !

XXII

Tacan, tacan, le train file. Paris-Lannion via Saint Brieuc. Dans sa musette, Xavier a glissé son carnet de notes, *Le Monde*, un sandwich pâté cornichons et un numéro de *Bretagne Magazine* que vient de fonder Yvon Bourges. Gaulliste, Bourges rêve d'un *Paris Match* breton, Jean Bothorel, son rédacteur en chef lorgne vers les indépendantistes... Il y a pire qu'une auberge espagnole pour qui veut manger. Sollicité, Xavier n'a pas fait la fine bouche.

Creuse ta place au soleil. Tes poumons le réclament. Tes poèmes le demandent. Pousse, Xavier, pousse les portes, de tes épaules fragiles, de ta fureur de vivre, pousse des coups de gueule. Verse des coups à boire, pique des coups de sang, le tien est chaud. Reçois des coups sur la gueule et des coups de foudre incandescents. Tes emballements sont d'une cavale. Le cuir frémissant, les sabots de vent. Cabre-toi, rue des quatre fers. Il n'est pas né celui qui te tiendra en longe. Le fourrage qu'on te donne, tu le manges sans retenue. Quand il vient à manquer, ta pitance est d'herbe folle. Françoise et tes Divines, elles seules te domestiquent. Tu acceptes le joug pour elles, ton stylo sur le papier, tes billets, tes chroniques, tes articles. Quatre fers, encore, au feu, ceux-là. Nuits blanches et café noir. Tu presses ta cervelle, jettes ton cœur sur la page blanche.

Écoute, Françoise, écoute ! C'est pas mal, non ?

Sème tes mots dans tes sillons, jazze, jazze, cherche les voyelles de Rimbaud, le tempo de Kerouac, la note bleue d'Ellington, les étoiles de Coltrane. Prose et poésie. Proésie. Les pieds de tes vers rythment le *be-bop* et les *gwerzioù*. Tap-tap- La-la-leno.

Le train t'attend. Tacan-tacan.

– Françoise, j'ai le feu vert. Une double page sur Glenmor.

– Une double page ?

– Je l'avais senti en écoutant son disque, ce type fera parler de lui. Tu te souviens de mon billet dans *La Vie* ? « C'est un Celte, avec toutes ses ferveurs et ses colères. Cela éclate. Il y a là-dedans du psaume et du cri… ». Bothorel est d'accord. Je pars interviewer Glenmor.

– Couvre-toi, le temps s'annonce breton…

Tacan-tacan. Wagon de deuxième classe, compartiment fumeurs. Sous verre, des photographies jaunies par les années et le tabac montrent une Micheline sur un viaduc et la côte de granit rose en noir et blanc. Un miroir au tain piqué constelle de chiures le visage des voyageurs. Un abbé en soutane, un couple entre deux âges – monsieur lit un roman d'espionnage, madame *Femmes d'aujourd'hui* – et Xavier.

Paris-Saint-Brieuc, Saint-Brieuc-Lannion. Après, ce sera le car jusqu'à Locquirec. La route détrempée, les vitres brouillées de pluie, les champs gorgés, les arbres ruisselants, les fermes closes et les tracteurs dormants. Jour de bottes et de boue, de fumier gadouilleux dans les cours agricoles et d'attente derrière les fenêtres basses. *Il pleuvait sur Locquirec, une sale, moite, grise, opiniâtre petite pluie.*

Enfin, la maison des Le Skanv. Katell et Émile, Milig en breton, dit Glenmor.

– On a frappé, Katell ? Qui est-ce ?

– Xavier Grall, de *Bretagne Magazine*.

– Ce torchon ?

– Raté, Milig n'est pas de bon poil

– S'il vous plaît, dites-lui que dans *La Vie catholique*, je signe Olivier. C'est moi qui…

– Glen ! C'est l'auteur du papier de *La Vie*, sur ton disque…

– Ah ! J'arrive !

– Vous avez de la chance.

– Ainsi, Grall, c'est toi. Belle gueule. Belle plume. Les journaleux n'ont pas été nombreux à parler de mon disque. Ta chronique du Logeco m'a mis du baume au cœur. Bien torchée en plus. Comme tes autres billets. Mais, foutre ! Pourquoi as-tu vendu ton talent au canard de Bothorel ?

– C'est un magazine sur la Bretagne…

– Un torchon. De luxe, mais torchon. Gaulliste, par-dessus le marché ! Merde, Grall, tu en tiens pour la Bretagne ou pour Paris ? Les émigrants qui ont quitté la terre poussés au cul par la misère, je les comprends mais les gars comme toi, qui choisissent la France : non ! Là, c'est trahir.

– Ah oui ? Et ceux qui acceptent d'être interviewés par un traître dans un torchon gaulliste, tu les qualifierais de quoi ? De faux-culs ?

– Katell, tu entends ça. Ah ! Nom de Dieu ! Je viens de me faire insulter sous mon toit !

– Pas la peine de hurler, Milig, j'ai entendu. Tu veux que je te dise ? Ça ne te fait pas de mal !

– Hein ?

– Grall a raison. Il a écrit un superbe article sur ton disque, il fait cinq cents kilomètres pour t'interviewer et tu le reçois comme un moins que rien ? Tu es peut-être un grand barde, Milig, mais tu te conduis comme un grand jean-foutre ! Entrez Xavier, excusez mon mari. Il ressemble à notre chien, il aboie avant de faire fête.

– J'aboie ? Moi, j'aboie ? Elle est raide, celle-là. On peut tout de même se défier un peu, entre hommes, non ? Pourquoi taire ce qu'on a sur le cœur ? Voir ce garçon user son talent au service d'un journal de vendus quand la Bretagne aurait besoin de lui, il y a de quoi bouillir, non ? Parce qu'il en a dans le ventre ! Par Dieu, me traiter, en face, de faux-cul, plus d'un se serait dégonflé. Grall, on causera de tout ça plus tard, je vais au cellier nous chercher une bouteille.

– Allez, installez-vous, Xavier…

– J'ai bien cru…

– Quoi ? Qu'il allait vous mordre ? Si vous l'aviez vu quand il a lu votre article… Un gamin devant le sapin de Noël… Ça, vous l'avez rendu heureux. Enfin, quelqu'un l'avait entendu. Et compris ! Mais jamais il ne le reconnaîtra devant vous. Fichue fierté ! À ce point-là, elle frôle l'orgueil… Je l'entends qui remonte. Je ne vous ai rien dit, n'est-ce pas ?

XXIII

Le train du retour tanguait… On ne sort pas indemne de chez Glenmor. La bouteille, suivie d'une autre, le tabac, l'odeur du chien, du vin, les mots claquants comme des oriflammes, le *gwenn ha du*, drapeau breton, Glenmor voyant dans les verres, comme on lit dans les mains, se lever des soleils celtiques et des demains d'indépendance. Foutu barde, moitié druide, Xavier tenait son homme. Et son article ! Milig ne serait pas déçu. Sur *Bretagne Magazine* soufflerait le *Gazeg Veurzh* – la jument de Mars –, le grand vent des marées d'équinoxe.

Ils avaient parlé de la Bretagne, de Péguy, de Marc Sangnier, fondateur du Sillon[7], du catholicisme et de Dieu. Puis Glenmor avait pris sa guitare et déchaîné les déferlantes. Le pied sur une chaise, à la Brassens, et l'imprécation d'un Brel. Ah ! La bourrasque ! Barbe d'ovate, crinière de cheval, voix de tonnerre. Il pouvait donc

7 Mouvement social chrétien

sortir tout ça d'un homme ? Un ancien tubar, en plus ? Glenmor aux poumons entamés, capable de faire tomber les murs de Jéricho. Allez ! Tout espoir était permis, à lui, Xavier pulmonaire. Les mots de Glenmor s'accordaient aux siens. L'emphase, bien sûr, au détour d'un couplet, mais quoi, demande-t-on au *kornog* – le zef des tempêtes – la modestie des brises ? Le voilier n'avance pas au soupir.

Guitare posée, ils avaient parlé. Et parlé encore.

– J'ai lu ta *Génération du djebel*. Mes éponges mitées m'auront au moins permis d'échapper à ça. Tu as vu ce que la France a fait là-bas… Dis-toi qu'elle l'a fait ici !

– Hé ! Tu pousses un peu, non ?

– C'est de colonisation dont je te parle. La France ne s'est pas privée d'envoyer ses soudards en Bretagne pour l'enchaîner. La conquête achevée, ce sont les Bretons qu'elle a envoyés crever dans tous les casse-pipes. Nos monuments aux morts sont aussi nombreux que nos calvaires. Tu connais la chanson qu'on apprenait aux écoliers, ici… « La République nous appelle / Un Français doit vivre pour elle / Pour elle un Breton doit mourir. »

– Tout de même, la France n'est pas que ça…

– Ce n'est pas ton pays.

– En tout cas, ce pays-là, je ne me consolerai jamais de le voir disparaître.

– Il est mort en Algérie. Toi-même l'as écrit…

Katell les avait laissés à leur sentiment d'hommes qui se trouvent mais ne l'avoueront pas. Ils préfèrent dégoiser, les hommes, donner des coups de tête de béliers qui se jaugent, se flanquer des bourrades ou se taire. Ils sont ainsi. Émouvants, dérisoires. Pareils à des enfants jouant à celui qui pissera le plus loin. Xavier et Milig avaient parlé longtemps, éclusant des godets, écrasant des mégots. Ils savaient déjà qu'ils ne se quitteraient plus.

Lannion-Paris, le train unissait, dans ses cahots, les montagnes du djebel et les monts de l'Argoat.

Empires latins vous croulerez sous la poussée sauvage des imprécations bretonnes, kabyles, aztèques…

Eaux dormantes

L'arbre a la couleur des roses anciennes. Dans l'étroit défilé rocheux, ils sont des dizaines, en tous points pareils, qui se balancent lentement. Des saules pleureurs. Les saules poussent près de l'eau. Comment expliquer leur présence dans ce défilé sec ? Et leur balancement malgré l'absence de vent ?

Les arbres… Xavier en a vu de semblables reproduits sur les murs d'une maison d'Alger mais laquelle ? S'ils cessaient leur balancement, peut-être sa nausée refluerait-elle. Elle lui rappelle un jeudi de manège à Landivisiau. La chenille dans laquelle il avait embarqué s'était mise à tourner si vite qu'elle semblait ne jamais devoir s'arrêter.

Les saules se sont donné le mot. Ils oscillent en mesure tandis que leur couleur rose dégouline comme une peinture d'enfant trop délayée.

Xavier a fermé les yeux. Lorsqu'il les rouvre, les arbres ont disparu. Le défilé ressemble désormais à un couloir lépreux. On a dessiné des graffitis sur sa muraille. Sexes en érection, poignards, emblèmes militaires et des noms de régiment. Ils évoquent ces tatouages hideux que se font, à l'aiguille de fortune, les soldats et les détenus. Xavier sent perler une mauvaise sueur à son front, ses mains sont glacées. Il ne devrait pas avoir froid, les journées sont chaudes, ici. Au bout du couloir, on distingue une porte. Celle d'un estanco ou d'une cantine. Sur son enseigne de bois mal taillé, on lit « Chez Gégène ».

On doit bien s'y amuser.

Va, Xavier, il suffit de pousser la porte.

« Chez Gégène ».

XIV

Xavier a dû crier. Dans le wagon, les passagers l'observent. Son carnet de notes et son stylo ont roulé sur le plancher. Par la vitre, la campagne défile. Des prés, une gare à la sonnette grelottante, des poteaux télégraphiques…

Hébété, Xavier revient de si loin… Le défilé, les saules pleureurs, depuis des mois ils resurgissent comme ces motifs dont les peintres multiplient les représentations.

Une réminiscence de Palestro ? Vingt appelés du contingent, tombés dans une embuscade alors qu'ils franchissaient un escarpement rocheux. Leurs corps retrouvés mutilés, marqués au couteau des initiales de l'ALN, Armée de libération nationale. 19 mai 1956. Xavier venait d'être rappelé. Réincorporé à Saumur, il retrouvait l'uniforme, l'exercice, les ordres et le branle-bas de combat. Il partirait bientôt en Algérie. Palestro avait secoué son unité. « Mutilés, tu imagines, Xavier ? Mutilés… La signature au couteau sur la plante de leurs pieds, les paumes de leurs mains. Putains d'Arbis… »

Ses camarades de chambrée en auraient bouffé, de l'Algérien. Double portion ! Pas de détail, pas de quartier, pas de pitié. Ils en avaient eu, les Bicots ? Quatre jours plus tard, les forces françaises anéantissaient le commando de l'ALN. Bon poids, bonne mesure, ils massacraient quarante-quatre villageois qui tentaient de fuir la zone des combats. Dans la chambrée, on avait trinqué. Au 1er REP, à l'armée ! À tout ce que la bêtise encasernée peut invoquer pour téter un goulot. Xavier avait vidé une bière, à l'écart de ses compagnons. Mauvais houblon, sale goût, renvoi acide.

Palestro, l'épisode d'une guerre commencée depuis si longtemps. Plus d'un siècle de conquête et de poudre à fusil. Le mépris, l'injustice, la République et ses drapeaux. Quoi ! On livrait le progrès aux barbares et ils nous remerciaient à coups de pétoires, de tribus youyoutant la révolte, de razzias après les simagrées. Tu y avais cru, Xavier, à la France et ses lumières, à sa devise et ses frontons. Marianne avait chu du piédestal, cul par-dessus tête. Elle se soulageait comme une soudarde, une soularde. La pauvre victoire du 1er REP qui creusait le lit de la défaite, on l'avait arrosée de bière. Les canettes éclusées, étaient venus les rots, les ronflements et les effluves de mâles éméchés. C'était leur peur qu'ils avaient assommée à coups de mauvais alcool.

Leur trouille de ce là-bas qu'ils n'avaient pas demandé à connaître mais qui les attendait derrière chaque colline, chaque piton, dans chaque village. Les fantômes de Palestro ne les quitteraient plus. Cadavres mutilés, marqués au surin. Eux, demain. Comme elle était loin, la tendresse de la mère. Leur jeunesse se déniaisait à la sauvagerie.

Oui, c'était peut-être ça, le cauchemar de Xavier. Tous les Palestro qu'il avait redoutés à chacune de ses patrouilles, à chacun de ses crapahuts… Et leur réponse, toujours la même : pour un œil, les deux yeux !

À Médéa
– il y a Médée dans ce nom-là –
j'ai vu le matin emplir de miel
la bouche des beaux soldats morts
au ciel vertical de mon Sahel.
Et que ne fussent-elles là tes mains de sel
pour laver leurs frais visages bâillonnés.
Mon Dieu, des Celtes tant assassinés
ayez pitié.

XXV

Il faudra retourner en Bretagne. Prendre à rebours le chemin de l'exil, revenir aux racines, se nettoyer des peaux mortes de Paris, renaître indigène, Arabe, Indien, Celte. Se défranciser. La France s'est égarée au Maroc, elle s'est perdue en Algérie. Elle aurait pu s'y grandir de la fraternité. Elle a choisi l'airain des empires, l'argent des boutiquiers, l'acier des basses besognes. *Aux conquérants, il n'est pas permis d'être lâches et inhumains. Ma patrie n'a plus rien à m'offrir...* Il nous faut la Bretagne, Françoise, mon oiseau d'océan. Les ajoncs et les fougères sont nos recouvrances. Nous chouannerons pour un pays ouvert au monde, une république sans statut. Nous rebâtirons une terre retrouvée.

Il faut retourner là-bas. Rompre les rangs, abandonner les armées d'anonymes standardisés, moulés, robotisés, décérébrés, il faut nous désenrégimenter. Ne marcher qu'au pas de nos chevaux. Faire sonner des musiques nouvelles et d'anciens chants de travail.

Trimer, peiner, labourer nos mémoires, voguer, empoigner les cabestans… Françoise, nous écumerons la mer d'Iroise, accosterons aux grèves sablonneuses, nous aponterons aux ports de pêche dans les senteurs de marées et de guano. Nous serons rôdeurs des étoiles, contrebandiers, aventuriers, malandrins du Faouët.

Good-bye, kenavo
nous allons respirer tous les parfums
nous allons danser la pavane de la mer
Dieu et le vent pour suzerains
nous allons fonder l'empire des paladins.

Xavier exalté, Françoise connaît. Il se consume à ses soleils et Glenmor n'a rien arrangé. Ils sont cul et chemise, désormais, tous les deux, bombarde et biniou. Les passages de Glen à Paris s'achèvent en vadrouilles nocturnes, cabarets enfumés, comptoirs d'après concerts, embardées. Au Ti Jos, rue Delambre, à Montparnasse, des hermines rôdent dans les vapeurs de crêpes. On y jacte breton, Xavier ne le comprend pas. Glenmor se fend la poire dans sa barbe druidique. Les verres se choquent, les bolées défilent et les poings sur les tables assènent des tonnerres de Brest. *Les alcools chantaient des hosannas… L'univers balançait dans une fête sans fin.* L'Algérie se noie dans les tempêtes océanes, la Bretagne est refuge. Xavier soldat blessé y posera son sac. L'heure n'a pas encore sonné mais l'idée le taraude. La France n'est qu'une escale. Le pays vrai est d'ouest et de ciel changeant, d'abers, de landes, de champs et de rencontres enivrantes. Le pays est de pêcheurs, de paysans, de femmes à la tâche, d'ouvriers à pétrolette, de goémoniers et de poètes crottés. Le journal du matin et les bleus de travail. Les prix et les salaires, la coopérative laitière et la sardinerie… La terre est grosse de révoltes et de grèves.

La Bretagne, il l'avait perdue dans la grisaille de la capitale. Larguée son enfance, à Landivisiau, lui, le neuvième et avant-dernier de la fratrie, Xavier-Marie, fils de Joseph Grall et de Marguerite David. Les Grall, tanneurs depuis des siècles. Les David à la glèbe.

Landivisiau, tu l'avais détestée, Xavier à l'orée de tes dix-huit ans. *Un patelin à cancans et potins matrimoniaux*… Tu l'avais fui comme Rimbaud s'échappait de Charleville, les poings dans ses poches crevées. Dix-huit ans, le monde se croque à belles dents. Le ciel breton est top bas, l'horizon trop bouché, les collèges trop moisis de latin et de soutanes. Il est vaste, le monde. Et les drapeaux y flottaient alors moins nombreux. Belle jeunesse ira lever le tricolore dans les aubes maghrébines. Au Maroc, tu auras des éblouissements de lumière, Xavier, et le dégoût du quotidien kaki. Jours comptés en bâtons sur les murs des latrines, bières de l'ennui au foyer du soldat, patrouilles en armes. La quille sera provisoire. On t'enverra veiller sur les trois couleurs dans le bled algérien. Peur et sang, injustice et misère. La voilà la France ! De quoi regarder Landivisiau d'un œil neuf. *Me rapprochant des miens, je me rapproche de moi.*

Sur les trottoirs parisiens, tu flaires la route du retour, Xavier. Françoise l'a compris, elle comprend tout de toi.

Yvon

De la main Yvon chasse une mouche sur le visage de l'homme. Quel sens mystérieux les avertit que la mort survient ? L'homme, il était arrivé à El Kbab boitant bas, fiévreux, le teint jaune. Une vilaine blessure à la jambe. Elles s'infectent vite, ici. Il était désolé. S'il s'était montré plus prudent, rien ne serait arrivé. Couper du bois n'est pas sorcier. On l'a fait tant de fois, on ne se méfie plus. L'entaille avait paru bénigne puis elle s'était mise à suppurer. Son mollet avait enflé. À présent, il lui était poussé comme un bubon. Autour, la plaie prenait mauvais aspect. Le jus qui en suintait s'épaississait. Quand la blessure avait commencé à sentir le pourri, il s'était décidé à rejoindre le dispensaire. Les soins d'Yvon et du père Lafon ne changeaient rien. Son état empirait. Il avait commencé à délirer la deuxième nuit. Une divagation grelotante, secouée de claquements des dents, où revenaient un supplicié, des hommes léopards et des djinns. Rien n'était venu à bout de sa fièvre. Ses instants de conscience devenaient rares. Dans son lit trempé de sueur, frissonnant, il demandait le pardon puis se tournait vers le mur comme pour s'y fondre. À d'autres moments, il saisissait la main d'Yvon ou du prêtre. Sentir une présence, rester en vie, une minute encore, une simple minute, et dire par un regard, qu'on n'était pas mauvais, somme toute, que l'enfant qu'on a été n'est pas si loin, qu'on aurait bien aimé le retrouver dans sa candeur, qu'on est tendresse, nous aussi, et qu'on voudrait tant en recevoir à l'ultime seconde, parce qu'on a si peur et que la solitude est immense.

Puis il retournait au délire, au sang et aux hommes léopards.

La mort l'a pris le cinquième jour. Quand Yvon est entré dans sa chambre, l'homme reposait dans un sommeil enfin paisible. Yvon a retapé le lit, redressé l'oreiller et reposé dessus, avec une infinie douceur, la tête du défunt qui en avait glissé puis il a placé ses mains jointes sur le drap. Sur l'unique chaise de la chambre, ses vêtements : sarouel, tunique, sandales. L'homme avait dit venir d'un village de bergers dans les collines. Yvon avait ouvert sa musette sans rien trouver qui pût le renseigner. Des cigarettes, un briquet à essence, un sabha, le chapelet des prières musulmanes, un coran, un chèche, des feuilles d'absinthe et un portefeuille rafistolé. Il ne renfermait aucun papier. Un billet froissé, une ordonnance périmée et deux photos découpées dans *La Vie catholique*. L'une du père Peyriguère, l'autre prise le jour de ses obsèques, montrait le cercueil du prêtre porté par un groupe d'hommes du village. Un visage est entouré d'un cercle tracé au crayon rouge. Le crédit photographique mentionne Lucien Scoup. Il accompagnait Xavier lorsque celui-ci était venu faire son reportage sur El Kbab. Le cliché ne permet pas d'identifier l'homme au cercle rouge mais il évoque celui dont la dépouille repose dans l'infirmerie.

XXVI

– Oh ! Papa, il est joli le timbre, avec sa fleur, tu me le donnes ?

– C'est une orchidée. Oui, je te le découperai quand j'aurai lu la lettre.

– Elle vient de loin ?

– Du Maroc

– Comme le sable, l'autre jour ?

– Exactement.

– C'est le vent qui l'a apporté ?

– Le sirocco ?

– Sirop quoi ?

– Sirocco, c'est le nom du vent. Non, la lettre, ce n'est pas lui, c'est le facteur.

– Il est venu du Maroc pour te la donner ?

– Non, plusieurs facteurs se sont passé la lettre. Certains là-bas, d'autres ici, ils ont fait une chaîne. Ceux du Maroc l'ont mise dans un avion, ceux de France l'ont récupérée et le nôtre l'a déposée dans notre boîte aux lettres.

– Pour mettre une fleur dans la boîte, c'est sûrement le facteur de la chanson, celui qui s'envole…

– Ça se pourrait bien…

– Maman, maman, le facteur qui s'envole nous a apporté des fleurs en images !

Resté seul, Xavier a ouvert l'enveloppe. Comme la lampe magique des contes d'Arabie, elle a libéré des djinns longtemps enfermés. Ils ont tournoyé dans la pièce comme les esprits nocturnes des contes anciens qui faisaient craquer les meubles, mourir le feu et souffler le chat sans raison. Fantômes des terreurs enfantines qu'on tentait d'oublier…

Dans sa lettre Yvon racontait comment un tour en jeep au village de l'homme d'El Kbab avait permis de l'identifier. Mort, Lounès Makresh, remontait le long couloir des souvenirs.

L'Algérie s'accrochait à Xavier comme le tueur aux pas d'Enrico, le héros de *Cantique à Mélilla*, son nouveau roman, le caporal-chef Lounès le retrouvait. Lounès, le renégat. Harki fuyant les autorités militaires et les maquisards. Entre deux feux, entre deux camps, il avait encaissé des nuits d'insomnie et des jours d'angoisse, voyagé dans des wagons de marchandises, évité les contrôles, les barrages, les convois militaires et les villages rebelles. Il avait fui les hommes, trouvé refuge dans des granges et des ruines à scorpions. Mangé ce qu'il dérobait. Bu le lait de chèvres traites en cachette et l'eau de puits sans surveillance. Il avait maudit les chiens qui aboyaient à son passage, la lune trop brillante, les nuits trop claires. Il avait levé le poing sur un enfant dont l'ombre le trompait, puis sangloté sur son geste. Il avait grimpé, dans l'obscurité, des sentiers escarpés et grelotté en attendant le lever du soleil. Enfin, il avait franchi la frontière et rejoint le Maroc. Il s'était fondu dans les pierres d'un village lointain. Le hasard, ou le destin, l'avait conduit à El Kbab un jour de fièvre. El Kbab où il reviendrait mourir d'une mauvaise entaille. C'est en 1954 que Lounès avait rejoint l'armée française. Quelques jours plus tôt il retrouvait son frère égorgé. La pancarte accrochée au cadavre portait la signature de l'ALN et un verset du Coran: « Celui d'entre vous qui les prend pour alliés devient un des leurs. » L'appartenance de Mokhtar Makresh au corps des gardes champêtres avait suffi. Lounès, interprète occasionnel pour la gendarmerie, avait aussitôt quitté les siens pour rejoindre une harka, composée, comme les autres, d'Arabes plus motivés par leurs raisons de combattre le FLN, ou de vouloir s'en protéger, que par l'amour de la France. De pauvres bougres dont les mélopées chantaient le village quitté, la mère laissée, le cafard et les regrets. Ils se moquaient bien du drapeau sous lequel ils s'étaient engagés pour sauver leur peau ou venger leurs proches. Ils agissaient avec la même violence que ceux d'en face, la même brutalité que les militaires français rejoints faute de mieux. Harkis, la grande armée des fétus de paille perdus d'avance parce que nés perdants. Et Inch'Allah. Lounès avait rencontré Xavier, un soir de bière. Lui, n'en buvait pas. Mais il avait aimé les mots de ce soldat et leur son de musique. À son tour, il avait récité des vers. D'anciens poèmes berbères. *Kan ha diskan* des langages étrangers. Duo de solitudes sous l'uniforme. Xavier esquissait des pas de *dàns tro*, Lounès ceux de l'*ahwas*. La complicité les avaient fait rire de ce rire chaud des hommes que la fraternité rapproche l'espace d'un chant.

Lounès avait disparu un jour de mai. L'indépendance se rapprochait, les comptes allaient se régler. Les harkis paieraient le tribut de leur trahison. Il n'y aurait ni pardon ni justice. À la levée des couleurs, Lounès n'avait pas répondu présent. Son nom avait résonné dans le silence du garde-à-vous puis l'écho l'avait emporté. L'armée française comptait un déserteur de plus. Il avait suffi d'un soir, le soleil rosissait les collines. Dans le couloir lépreux d'une maison réquisitionnée, les cris d'un homme couvraient l'appel à la prière. En poussant la porte, Lounès entrait en enfer. L'homme était nu, ligoté. Des fils électriques couraient sur son corps ruisselant d'eau. Leur extrémité fichée sur ses seins, son ventre, son sexe. Son visage tuméfié où roulaient des yeux blancs ressemblait à celui de Jésus. Lounès sait que Jésus se nomme Issa et qu'il n'est pas mort sur la croix mais les images dans les livres des chrétiens l'ont toujours troublé. Les images sont haram, Dieu très miséricordieux a créé les hommes, singer son œuvre est l'offenser. Tout de même, celui qui gît, évanoui, des fils électriques sur la peau, a l'expression de souffrance de Jésus agonisant. Autour de lui, des soldats allument des cigarettes. Quand ils auront fumé, ils le réveilleront et renverront l'électricité courir sur son corps torturé.

– Il finira bien par causer…

– Ou nous claquer entre les doigts, c'est un coriace.

– On pourrait le laisser récupérer, cette nuit…

– Pour qu'il reprenne des forces et nous tienne tête plus longtemps ? T'es un pied-tendre, toi. Faut t'aguerrir. Tu crois qu'ils feraient quoi, les fellouzes, s'ils te chopaient ?

« Pied-tendre », le soldat au pied tendre est si pâle. Sa main tremble en portant la cigarette à sa bouche. Et ce haut-le-cœur qui le secoue, pareil au fumeur du matin dont l'estomac se retourne.

Les soldats avaient soudain aperçu Lounès. L'un d'eux, aux manches retroussées, avait demandé :

– Tu viens téléphoner ?

Il montrait la dynamo à manivelle qui commandait aux décharges électriques. Le téléphone, la gégène… Les hommes baptisent de noms aimables les outils de l'horreur. Lounès s'en était tiré par une pirouette :

– Ah ! Moi je ne connais que le téléphone arabe.

Ils avaient rigolé. Tout de même, il existe des bicots sympas.

En s'éclipsant, Lounès avait croisé Xavier dans le couloir. Regards qui s'évitent sous les saules rosâtres des lambeaux de papier peint.

Chez Gégène, la torture avait repris. Le prisonnier, secoué par les décharges électriques, sa souffrance hurlée, son absolue terreur, sa mort inéluctable, son impuissance… À nouveau évanoui, ils l'avaient ranimé. Mais sa raison en miettes, l'épuisement de son cœur, il s'était agité d'un ultime soubresaut et il avait basculé dans le néant.

Eaux dormantes

Voilà. C'est un Christ décrucifié. Mains brisées, paumes ensanglantées. Sur ses pieds des stigmates, béances, os éclatés, cartilages déchirés. Un trou au côté, comme le dormeur du val. Mais si la mort a fauché le soldat de Rimbaud, elle s'est attardée longtemps sur ce Christ-là. Des heures, étirées, de souffrance infinie. Son martyre achevé, le fils de l'homme gît sur le sol. Ses cheveux collés par la fièvre ont laissé couler un sang rubis. Prenez et buvez-en tous.

Christ nu au corps glacé, rigidifié…

Comme la mort durcit les muscles, comme elle raidit les tendons, comme elle marbre vite les chairs. Le silence s'est fait. Tout à l'heure encore, les cris, l'ignoble bruit des coups, la vocifération des bourreaux et sa plainte à lui. Plus déchirante encore dans la faiblesse de la fin que ses appels sous la douleur insupportable.

C'est un Christ noir de barbe, brun de peau. Un Christ

rendu au désert. Un Christ infidèle. Pitoyable dans sa déchéance et la négation de son humanité.

On enlèvera son corps, sans linceul, sans les aromates qui éloignent les relents de la décomposition, sans même l'espoir d'un tombeau. On lavera le sol du sang et des sécrétions qui l'ont souillé. Une large tache sombre subsistera dans la pierre. Elle suffira à glacer les sangs du prochain supplicié.

Une grande lassitude tombera sur les bourreaux. Vides de tout, ils aspireront à un sommeil de brute qu'ils peineront à trouver. Ils sombreront avant que le coq chante.

Dans la chambrée où montent leurs ronflements, Xavier sera le dernier à recevoir la nuit.

XXVII

Pourquoi espérer que le sable recouvre vos traces? La mémoire les dévoilera quand bon lui semble. La mémoire et le fatum qui avance au pas des caravanes. Fatum, le mot fait ressurgir des versions latines, le dictionnaire Gaffiot et le collège de Saint-Malo. Des odeurs d'encaustique et d'encrier se mélangent à celles de la menthe et du jasmin. La Bretagne et le Maghreb ne cesseront jamais de s'enchevêtrer.

Tours et détours, chants, contre-chants. Le bon Dieu est farceur, Xavier. Il aura fallu la rencontre d'Yvon, son insoumission et sa fuite au Maroc où œuvrait un vieux saint. Il aura fallu qu'un harki en fuite s'y réfugie et garde dans son portefeuille le fragment d'un de tes articles. Il aura fallu cet écheveau de hasards aussi fragile que la toile d'araignée sur une boîte aux lettres à Trégunc. Il aura fallu tout ça et tant d'autres combinaisons improbables pour que tu affrontes enfin la maison aux saules pleureurs. La génération du djebel est tienne. Tu lui appartiens,

Xavier. Elle vous enchaîne. Qui vous chantera, revenants honteux d'une guerre cachée ? La quille tant espérée sera factice. Illusoire, le retour au pays. Mensongers, les discours sur vos vies et les boniments sur l'histoire.

– Françoise, partons en Bretagne. Paris est morte, la France est morte en Algérie. Je l'ai vue mourir dans l'agonie d'un homme.

– Que…

– Un fellah torturé sous mes yeux. Dans une maison réquisitionnée, dans une pièce hideuse. La mise en croix sur le djebel… à trois heures de l'après-midi, au mois d'août.

– Xavier…

– Françoise, ma mouette, je n'ai rien tenté pour arrêter le supplice.

– Qu'aurais-tu pu faire, tout seul ?

– Un geste, même dérisoire. Avant d'entrer dans la pièce je me doutais de ce que j'allais trouver. Je l'ai compris dans le couloir, devant les yeux baissés de Lounès. Lui et moi aurions dû… Mais non, comme Pierre après le Golgotha, nous avons tout renié.

– Xavier…

– Voilà l'œuvre de la France… Ah ! Qu'elle ne la ramène plus, celle-là, faucheuse d'hommes, modeleuse de cervelles…

– Xavier… Tu ne m’avais jamais dit… Et durant tout ce temps, ce poids sur toi…

– Ce pays n’est plus le nôtre. Il nous faut le quitter, lui et ses tristes sires. Rompre les amarres. Nous serons déserteurs de la France. Nous serons de Bretagne, comme une renaissance, une évidence.

– Nous partirons, Xavier. Nous partirons.

XXIX

Allez dire à la ville
que c'est ici que je perdure
roulé aux temps anciens
des misaines et des haubans
Allez dire à la ville
que je ne reviendrai pas

Il y aura Nizon et votre installation à Botzulan, la longère cocon pour la tribu. Meubles anciens et cheminée ronflante. La grange. La chapelle de Tremalo. L'herbe et les lichens, les pavés bossus, le Christ en croix qui inspira Gauguin, les *pietà*, les saints aux noms de roc, les bistrots, les boissons vermeilles, les crémeuses Guinness, le whisky d'Écosse, les vins de liesse et l'encens des cigarettes, il y aura les poignées de mains, les accolades, des chansons manifestes et des nuits de parlottes. Il y aura des *irish blues* et des *slums* de Galway. Il y aura des journaux, des articles, des chroniques et des correspondances.

Il y aura les amis. Yvon Le Men, Paul Guimard, Aube Breton-Elléouet, Glenmor et Katell, Alain Guel, Claude Huart…

Il y aura Perros.

… comme un moineau marin
Déplumé par les vents
Dans son caban et son cache-col
Il souriait
Moine évadé des solitudes.
Françoise achetait du pain
Il amenait des vieux vins
Et l'on parlait modérément
Et foin d'attitudes
Le feu craquait sous le vent
C'était à Tréhubert
Dans ma chaumine.

Il y aura Nicole Corelleau, la patronne de l'hôtel de la Poste, à Pont-Aven, qui connut Max Jacob. Et son fils, Patrick, à l'Atelier d'Ernest.

Il y aura les raz et les îles. Molène, Ouessant, Sein, Groix, Aran. Les cairns et les tertres. Les larmes du Seigneur tombant dans les fougères, ses empreintes à l'auberge, les pèlerins d'Emmaüs en retour de Pardons.

Il y aura ton ombre portée, Xavier, sur les chemins de terre, le trèfle et la bruyère, sur les pierres des forêts, le goudron vicinal, le gravier des remblais.

Il y aura les haltes, il y aura les havres.

Aven
Eden
ria des passereaux
on met le cap sur la lampe des auberges
les soirs sont bleus sur les ardoises de Kerdruc
Ô pays du sel et du lait
Allez dire à la ville
que c'est bien fini
je ne reviendrai pas

Il y aura tes poèmes et des chants. Trop d'alcool dans tes veines, de tabac dans tes poumons, ta respiration pénible, des petites asphyxies, pour un rien des efforts épuisants. L'emphysème fermera tes alvéoles pulmonaires, l'une après l'autre, comme on clôt les fenêtres d'une maison qu'on s'apprête à quitter.

« Vous fumez trop, Xavier… » Hourdin ne te conseillera plus la modération. En recevant ta chronique hebdomadaire, sans doute hochera-t-il la tête, paternel, tant d'espoirs, tant de talent… Pourquoi les chevaux fougueux galopent-ils parfois jusqu'à s'en briser l'échine ? Car il y aura toujours tes billets, Xavier, jusqu'au dernier jour, et Hourdin, jamais, ne cessera d'y aimer ta voix.

Il y aura tes Divines, Catherine, Geneviève, Isabelle Véronique et Lucie, vos filles Xavier Marie Grall et Françoise Grall, née Jousse.

Je voudrais, mes Divines, vous prendre par la main et vous conduire au Maghreb bien-aimé [...] Il faut avoir connu ces pays pour apprécier tout le réalisme de la poésie sacrée, les puits, l'eau, le désert, les confins, les troupeaux de chamelles, Job dans son abandonnement, le plat de lentilles, la Samarie, le Golgotha, tout cela je le sens, je le sais. Le regard de Christ lui-même, je le vois dans les yeux de ce fellah torturé sous mes yeux à Médéa.

Tes Divines... Elles grandiront, dans l'amour de toi. Leur père d'os et de chair si peu. Leur père au rire de pétard éclatant à l'heure des cache-cache et des cache-tampons, jaillissant en torrent à celle des tablées. Il y aura les sourires tendres, les secrets, les pudeurs. Ta joie, tes Divines, le temps ne ternira rien.

Il y aura Françoise. De toute éternité, il y eut Françoise.

Il y aura des virées, la 403 de Glenmor, la moto de Perros et ta bagnole en solitaire parce qu'il te faut rouler comme tu prendrais la mer, toi qui ne sais pas nager. Les chevaux de vos moteurs henniront, pesants et durs à la tâche. Ils vibreront de leurs colliers, de leurs courroies. Les panneaux routiers badigeonnés de coaltar effaceront les noms francisés. Morlaix retrouvera Montroulez. Quimper redeviendra Kemper, comme Servat tu y verras des canards bleus, des renards, des cygnes et des chevaux d'Arthur. À bout de souffle et d'essence, il y aura les retours, ton sac plein de fulgurances comme du bois rapporté pour les flambées.

Terre dure de dune et de pluie
c'est ici que je loge
cherchez, vous ne me trouverez pas
C'est ici, c'est ici que les lézards
réinventent les menhirs
c'est ici que je m'invente
j'ai l'âge des légendes
j'ai deux mille ans
vous ne pouvez pas me reconnaître
je demeure dans la voix des bardes
Ô rebelles, mes frères
dans les mares les méduses assassinent les algues
on ne s'invente jamais qu'au fond des querelles

Allez dire à la ville
que je ne reviendrai pas

Il y aura des chambres d'hôpital, des radiographies, des prélèvements, des injections et des goutte-à-goutte. Des diagnostics qui ne t'apprendront rien. Ton corps trop maigre flottera dans ton pyjama trop grand. Il y aura tes pas dans les couloirs et tes regards déjà lointains sur l'extérieur et les parkings à ambulances.

Il y aura les rémissions, les gestes économes, les médocs sur la table de la cuisine, les pommes en compote, les mûres en confitures, le miel et le froment, les douceurs mitonnées dans l'amour.

Françoise, il y aura Françoise. De toute éternité, il y eut Françoise.

L'Inconnu te dévore, Xavier, à petit feu et à grandes flammes. Depuis longtemps. Tu es brandon brûlant pour l'amour de Dieu. Il t'emportera comme tu as vécu, à cheval sur le vent. Tu foutras le rif aux pensionnats confits en interdits, aux confessionnaux desséchés, aux sacristies contrites, aux bondieuseries marchandes et aux bigoteries. Mais un genou en terre, tu prieras le Seigneur de toute folie, de toute bonté, de toute miséricorde. Ton Christ s'est évadé des livres pieux où on l'étouffait. Il bat la campagne comme jadis la Judée et la Samarie. Semblable à Kerouac tu seras *catholique, solitaire et fou.*

Que tout soit poésie, que chaque créature vive et meure la bouche gorgée de bénédictions [...] Tout est Bible, Testament, Signe. Il faut avoir des yeux pour voir et des oreilles pour entendre.

Allez dire à la ville que je ne reviendrai pas

Il y aura la troménie des cafés, la tournée des saints patrons, les Jourdain d'eau-de-vie mais, dans la pénombre d'une église, de pauvres ex-voto te gonfleront de tendresse. Tu sentiras l'irrépressible besoin de trinquer à la fraternité, de boire à l'amour des hommes et à celui des bêtes. Le pinard des bistrots sera bon vin de messe et Jésus ne s'en offusquera pas.

Je n'ai cherché que Dieu, partout, dans les chemins, dans les bars, dans les plaisirs, dans le regard des amis, dans l'amour des femmes.

Allez dire à la ville que je ne reviendrai pas.

Il y aura des fêtes de nuit et des bardes imaginés. Des musiques celtiques sur des jazz de Louisiane, des guitares électriques et des saxos mystiques. Des leçons de ténèbres dans le chœur des chapelles et des ridées dansées sur les parquets des bals. Il y aura des *derboukas*, des *bodhrans* et des *battle-drums* roulant comme des vagues, des migrants du Maghreb et des conteurs bretons.

À mes Berbères, je lègue
l'allégresse des fontaines
et les printemps du pays gallo…
Allez dire à la ville que je ne reviendrai pas

Il y aura les poings levés des grèves ouvrières et ceux des marées noires. Torrey Canyon, Olympic Bravery,

Boehlen, Amoco Cadiz, Tanio. Il y aura les goélands mazoutés, les cormorans asphyxiés, les albatros assassinés, les pétrels pétrolés, les criques souillées, les coques éventrées sur les récifs du fric vomissant leur sang d'hydrocarbures. Il y aura les *gwen ha du* et les rêves de Pâques irlandaises. Des gueulantes d'encre et des feuillets rageurs. Il y aura le pays fantasmé, le pays retrouvé et le peuple breton.

Viens avec moi
reste sourd aux crécelles des fabriques
à leur France de béton, à leur Paris de cuistres
Viens au pays des poèmes et des mûriers
Viens
nous bâtirons la république libertaire
des baladins et des aèdes

Il y aura les rechutes, les alitements, les tisanes et les fumigations, les suées, les jours souffreteux et les mauvaises nuits. Il y aura, diaphane, ta peau sur tes os, le creusement de tes joues, la maigreur de tes jambes et tes côtes saillantes. Il y aura tes vers fiévreux et tes solos de papier. Des visites d'amis, des printemps de poètes, des bouffées de tendresse, des embardées d'amour. Des espoirs sous les renoncements. Il y aura des soleils africains, jetant sur les regrets des blancheurs virginales et

de rouges crépuscules.
Ah quand je mourrai
enterrez-moi à Ouessant
avec mes épagneuls
et mes goélands
ah quand je mourrai
mettez-moi en ce jardin de gravier.

Il y aura Françoise. De toute éternité il y eut Françoise.

Allez dire à la ville que je ne reviendrai pas.

Références bibliographiques

Citations de Xavier Grall

- Pages 17, 36, 63, 104-105, 113 : Extraits de lettres de soldats. *La Génération du djebel*, éditions du Cerf, 1962. Rééd. Le Bateau-Livre, 1994.
- Pages 18, 79 : « J'ai vu des matins se lever sur des villes blanches… » et « Tout de même, je garde du Maghreb une vigilante nostalgie… » *Arthur Rimbaud ou La marche au soleil*, Mazarine, 1980. Rééd. Terre de Brume, 2012.
- Pages 30, 46, 155, 158, 183, 185 : « Ah, quand allierai-je à tes noroîts… », « Je vous salue mes grands oiseaux… », « À Médéa… », « Good-bye, kenavo… », « À mes Berbères, je lègue… » et « Ah quand je mourrai… » *Le Rituel breton – Poème lyrique –* (1965), in *Œuvre poétique*, Rougerie, 2010. Rééd. Calligrammes, 2021.
- Pages 32, 52 : « Dans les bonnes auberges… » et « Seigneur / Par l'annonciation des poètes… » « Solo », *Solo et autres poèmes* (Calligrammes, 1981), in *Œuvre poétique*, Rougerie, 2010. Rééd. Calligrammes, 2021.
- Page 34 : « C'est là que j'ai vu que mon pays… » *Mauriac journaliste*, Le Bateau-Livre, 1994.
- Page 44 : « dépersonnalisé, anéanti… », et « cette vieille grue de ville » In Yves Loisel, *Xavier Grall*, Coop Breizh, 2015.

/ Page 49 : « Notre Dame des hiboux et des solitaires… »
« Chapelle », in *La Vie catholique*, 28 juillet 1974. Texte repris dans *Les Billets d'Olivier*, éditions du Cerf / La Vie, 1985.

/ Page 65 : « splendeur, galet rond et tiède… »
« Camus », in *La Vie catholique*, 28 décembre 1978.
Texte repris dans *Les vents m'ont dit*, Calligrammes, 1991.
Rééd. Terre de brume, 2020.

/ Pages 68-69 : « J'ai découvert Camus… »
In *La Vie catholique illustrée*, 3 novembre 1957.

/ Pages 78, 180, 182, 183 : « l'expérience de l'éclatante beauté de l'univers », « Je voudrais, mes Divines, vous prendre par la main… », « Que tout soit poésie… » et « Je n'ai cherché que Dieu… »
L'Inconnu me dévore, éditions Calligrammes, 1984. Rééd. terre de Brume, 2011. Puis éditions des Équateurs, 2018.

/ Page 101 : « Il a mis son âme dans le couloir… »
« Son âme dans le couloir », *Solo et autres poèmes* (1981), in *Œuvre poétique*, Rougerie, 2010. Rééd. Calligrammes, 2021.

/ Page 114 : « Ah ! Les ratons disloqués… »
La Génération du djebel, éditions du Cerf, 1962.
Rééd. Le Bateau-Livre, 1994.

/ Pages 118-119 : « Quand Véronique vit… »
Africa Blues. Rééd. Terre de Brume, 2011.

/ Page 122 : « Sables, sables… »
Cantique à Melila, Calmann-Lévy, 1964. Rééd. Terre de brume, 2011.

- Page 124 : « Je pense souvent à vous… » et « Je n'aime pas les attristés, les mélancoliques… »
« Lettre d'El Kbab » in *Le Cri des étudiants*, n° 13, avril 1968, cité par Yves Loisel in *Xavier Grall*, Coop Breizh, 2015.
- Page 142 : « C'est un Celte… »
In *La Vie catholique illustrée*, 6 avril 1966.
- Page 149 : « Empires latins, vous croulerez… »
« Glenmor », *Rires et pleurs de l'Aven* (1975), in *Œuvre poétique*, Rougerie, 2010. Rééd. Calligrammes, 2021.
- Page 158 : « Les alcools chantaient des hosannas… »
La Fête de nuit – Barde imaginé, Mazarine, 1979. Rééd. Terre de Brume, 2010.
- Pages 157, 159 : « Aux conquérants… » et « Un patelin à cancans… »
In Mikaela Kerdraon *Xavier Grall, une sacrée gueule de Breton*, An Here, 2000.
- Page 160 : « Me rapprochant des miens… »
In *La Vie catholique illustrée*, 1er janvier 1977. Texte repris dans *Les vents m'ont dit*, Calligrammes, 1991. Rééd. Terre de brume, 2020.
- Pages 177, 179, 181, 182, 183, 185 : « Allez dire à la ville que je ne reviendrai pas » et « Aven / Eden… »
« Allez dire à la ville », *La Sône des pluies et des tombes* (1975), in *Œuvre poétique*, Rougerie, 2010. Rééd. Calligrammes, 2021.
- Page 178 : « Comme un moineau marin… »
« L'ode brisée », in *Hommage à Georges Perros* (Calligrammes,

1978), in *Œuvre poétique*, Rougerie, 2010.
Rééd. Calligrammes, 2021.

/ Page 184 : « Viens avec moi… »
« Je t'adjure, toi… », *La Sône des pluies et des tombes* (1975), in *Œuvre poétique*, Rougerie, 2010. Rééd. Calligrammes, 2021.

Citations d'autres auteurs

/ Page 41 : « Elle dégrade celui qui l'inflige… »
Général Paris de Bollardière, *Bataille d'Alger, bataille de l'homme*, Desclée de Brouwer, 1972.

/ Page 73 : « Rien ne peut donner une idée de l'intolérable situation… »
Maupassant, *Le Gaulois*, 27 juillet 1881. Texte repris dans *Chroniques*, Le Livre de poche, coll. La Pochothèque, 2008.

/ Pages 120-121 : « Lorsque l'on me prend pour l'un d'eux… »
Albert Peyriguère, in Michel Lafon *Le Père Peyriguère*, éditions du Cerf, 1963.

/ Pages 132-133 : « Vous m'affolez, Xavier, vous êtes un volcan… » et « Je suis consterné… »
Citations de Serge Montigny et d'Alain Bosquet, in Mikaela Kerdraon *Xavier Grall, une sacrée gueule de Breton*, An Here, 2000.

Les Éditions Bruno Doucey adressent de chaleureux remerciements aux Éditions Calligrammes et aux Éditions Terre de brume, qui les ont autorisé à reproduire les citations de Xavier Grall présentes dans l'ouvrage.

Du même auteur

Aux éditions Gallimard

Pour tout bagage, La Noire, 2022.
Hével, Série Noire, 2018, Folio Policier n° 882.
Une plaie ouverte, Série Noire, 2015, Folio Policier n° 834.
La saga des brouillards, volume reprenant *Les brouillards de la Butte*, *Belleville Barcelone* et *Boulevard des Branques*, 2014, Folio Policier n° 744, série XL.
Petit éloge des coins de rue, Folio, 2012.
L'homme à la carabine, Blanche, 2011, Folio n° 5483.
Tranchecaille, Série Noire, 2008, Folio Policier n° 581.
Soleil noir, Série Noire, 2007, Folio Policier n° 553.
Boulevard des Branques, Série Noire, 2005, Folio Policier n° 531.
Belleville Barcelone, Série Noire, 2003, Folio Policier n° 489.
Les Brouillards de la Butte, Série Noire, 2001, Folio Policier n° 405.
Terminus nuit, Série Noire, 1999.
Tiuraï, Série Noire 1996, Folio Policier n° 379.

Chez d'autres éditeurs

Lettre à B., éditions du Petit Écart, 2018.
Dernier été et autres nouvelles, La Déviation, 2018.
L'affaire Jules Bathias, Syros, 2006, Larousse, 2017.
Le voyage de Phil, Syros, 2009, La Déviation, 2017.

Cet ouvrage
a été achevé d'imprimer
en octobre 2023
pour le compte de Bruno Doucey
poète, éditeur de poètes
sur les presses
de l'imprimerie Factory B & M

Conception graphique
Dans les villes, Strasbourg

///

Dépôt légal : janvier 2024

///

Imprimé en Espagne

Cet ouvrage est imprimé, pour l'intérieur,
sur papier Munken Print Cream 80 g des papeteries Arctic Paper,
dont les usines ont obtenu la certification environnementale ISO 14001
et opèrent conformément aux normes ECF et EMAS.